LA DIVINA COMMEDIA

DI

DANTE ALIGHIERI

SECONDO I CODICI DI J. P. MORGAN

RIVEDUTA NEL TESTO

DA ALUIGI COSSIO

1921

A

SUA EMINENZA REVERENDISSIMA

IL SIGNOR CARDINALE DIONIGI DOUGHERTY
Arcivescovo di Filadelfia

NEL SESTO CENTENARIO DELLA MORTE

DI

DANTE ALIGHIERI

PROEMIO

Questa nuova edizione americana della Divina Commedia ha lo scopo modesto di contribuire alla commemorazione di Dante Alighieri nel sesto centenario della sua morte. Si pubblica nella patria di Washington e di Lincoln, ed è destinata sopratutto agli studiosi ed amici di Dante in questo Paese. Essa è fondata sui Codici Danteschi della Biblioteca Morgan, che ebbi la fortuna di avere a mia disposizione, ed io colgo volentieri quest'occasione per ringraziare pubblicamente il Signor J. P. Morgan, il quale mi permise di esaminare ed usare i suoi preziosi cimelii. Devo pure ringraziare il Signor Charles Moore, della Biblioteca del Congresso, per ogni cortesia e facilitazione usatami durante il lungo e paziente lavoro di esame dei suddetti Manoscritti.

Questa nuova edizione americana della Divina Commedia, che tiene conto di tutti gli studi critici del testo, fatti negli ultimi anni, e segue la tradizione paleografica dei Codici Morgan, si presenta agli studiosi di Dante in una forma nuova sotto certi aspetti. Io sono convinto d'aver fatto opera buona e duratura. Se leggere Dante è un dovere, se rileggerlo è un bisogno, sentirlo è presagio di grandezza, come disse bene Niccolò Tommaseo, io ho cercato di presentare la Divina Commedia di Dante quasi in quella forma e veste antica, che più si avvicina al tempo del Poeta, allo scopo di facilitare quel dovere, provvedere meglio a tale bisogno e sentire maggiormente il presagio della grandezza. A mio modo ho cercato di onorare l'Altissimo Poeta, ed a mia giustificazione invoco le parole che Dante stesso rivolgeva a Vergilio.

«*Vagliami il lungo studio e il grande amore*
che m' ha fatto cercar lo tuo volume.»

Per utilità degli studiosi aggiungo alcuni brevi cenni sui Codici Morgan, sui quali è fondata questa nuova edizione. Questi sono tre e di ciascuno di essi segue qui appresso la descrizione.

In luogo di introduzione speciale alla Divina Commedia ho creduto bene di premettervi la recente Enciclica di S. S. Benedetto XV nel sesto centenario dalla morte di Dante Alighieri, nella traduzione italiana fatta dall'*Osservatore Romano*. Questo documento pontificio è così importante, che forse anche per merito suo questa edizione americana della Divina Commedia di Dante non sarà dimenticata tra coloro

«*che questo tempo chiameranno antico.*»

ALUIGI COSSIO.

Washington, D. C., 1921.

CODICE MORGAN 289.—Questo bellissimo ed importantissimo codice in vello appartiene alla prima metà del secolo XIV. A piè del primo foglio si vede uno stemma, certamente del possessore, che sembra essere stato un membro della famiglia Capponi di Firenze. Il Manoscritto si trovava a Barcellona, quando nel 1907 fu ricuperato dal Comm. Leo S. Olschki e fu depositato per breve tempo, dal 24 Gennaio al 4 Marzo, nella R. Biblioteca Mediceo-Laurenziana di Firenze. Col permesso del Governo d'Italia il libro fu spedito a Manchester, Inghilterra, donde venne in possesso della Biblioteca Morgan di New York.

Il codice misura in altezza mm. 344 ed in larghezza mm. 250; ed è scritto su due colonne per pagina, con un numero di terzine che varia a seconda della lunghezza delle rubriche. Contiene fogli 89. L' Inferno occupa i fogli 1 *recto*-30 *recto*. Parte del foglio 30 *recto*, seconda colonna, è bianca, come pure è bianco il foglio 30 *verso*. Il Purgatorio occupa i fogli 31 *recto*-59 *recto*. Parte del foglio 59 *recto*, seconda colonna, e foglio 59 *verso* sono in bianco. Il Paradiso occupa fogli 60 *recto*-89 *recto*. Parte del foglio 89 *recto*, seconda colonna, è bianca. Il foglio 89 *verso* contiene due lettere latine, di mano diversa e posteriore e di nessuna importanza letteraria, le quali sono precedute in alto dalla data: «In Xpi noïe MCCCC in 1 die mn Octobris.»

Al codice, privo di enumerazione antica, vanno aggiunte due guardie di pergamena, una al principio e l'altra in fine. Sulla prima guardia in alto, parte *recta*, si legge la parola «Jsus», di mano abbastanza antica, ed a fianco della medesima, da mano però posteriore, fu scritta la cifra «145», che può essere il numero del catalogo di biblioteca di uno dei possessori del prezioso cimelio. La guardia alla fine del codice, nell'angolo destro in alto, manca d'un pezzo di pergamena. Sulla stessa, ma dalla parte *versa* ed in forma capovolta, si legge un piccolo poema latino, che incomincia così: «Cura labor merita sumpti p̄ munere honores». Sulla pergamena incollata alla legatura antica si vedono in forma capovolta vari schizzi a inchiostro di mano più recente, d'un ignoto che voleva esercitarsi nel disegno o pittura. In alto sotto il primo schizzo, che pare di carattere religioso, si leggono alcuni versetti del «De profundis», e più in basso è ripetuto il carme latino su accennato. Nella parte superiore della stessa pergamena si leggono le parole: «Liber hic ē Addanj vel Imcarj Diego», che indicano evidentemente uno dei possessori spagnuoli del codice.

Il codice, che si trova in uno stato perfetto, ha legatura contemporanea in legno ricoperto di pelle impressa con cinque borchie di metallo. Oggi mancano soltanto due delle linguette che servivano a chiudere il libro. Sul coperchio anteriore, tra le due borchie in alto, fu incollato un pezzo di pergamena, su cui stava scritta in carattere più recente la parola Unciale. Il libro si chiudeva con quattro fermagli in cuoio e metallo. Sul dosso del volume in alto ed in epoca più recente venne incollato un pezzo di carta, su cui in lettere onciali si leggeva: «COMMEDIA DI DANTE.   ITALIANO MAN'CRIPTO.»

Il codice contiene tre bellissime miniature. Quella racchiusa nella iniziale «N» del primo verso del primo Canto dell'Inferno, di bella fattura giottesca, rappresenta il Poeta, seduto al banco, in atto di scrivere il poema. Un bel fregio s'attacca alla miniatura del Poeta e gira sui margini intorno al Canto della prima pagina. In mezzo a tale fregio in basso, proprio nel centro, si vede lo stemma della famiglia Capponi, cioè uno scudo da alto in basso, metà nero e metà oro. Lo scudo è diviso a metà trasversale interna da una striscia o fascia, ed è sormontato dalla corona nobiliare.

La miniatura iniziale «P» del Purgatorio rappresenta Dante e Vergilio davanti ad un vecchio barbato, la cui figura si vede solo a metà, essendo coperta da una specie di rupe, che mostra un pertugio, dentro al quale si veggono due teste di gente fiorentina. Il fregio della miniatura si unisce alla figura e gira sui margini del foglio, ma è più piccolo del fregio analogo dell'In-

vi

ferno. Degno di nota in questo fregio del Purgatorio è il tipo d'un mostro o pipistrello di bella, fattura.

La miniatura iniziale «L» del Paradiso rappresenta Dante che ascolta e guarda Beatrice, la quale, con l'indice della destra rivolto in alto e la sinistra sul cingolo della veste muliebre, gli mostra il cielo. Nello sfondo azzurro sono dipinte due stelle. Beatrice indossa una tunicella romana, color di rosa ed ha le chiome di color giallo oro. Il fregio anche qui si unisce bellamente alla miniatura e gira sui margini del foglio.

Oltre queste tre bellissime miniature, tutti i Canti hanno per iniziali grandi maiuscole rosse con eleganti fregi in azzurro. I colori sono alternati. L'iniziale del secondo Canto dell'Inferno è in rosso ed il fregio di colore azzurro; il terzo Canto invece ha l'iniziale azzurra ed il fregio rosso, e così via alternandosi sempre, tranne le volte in cui il miniatore si dimenticò di seguire rigorosamente detto ordine. Le altre iniziali delle singole terzine sono scritte con inchiostro nero, in forma maiuscola, con una leggiera tinta di giallo chiaro.

Nessuna postilla si incontra nel codice. In testa ai singoli Canti con inchiostro rosso e della stessa mano del copista si leggono rubriche elegantissime, che corrispondono ad uno dei tre tipi principali già segnalati dai Dantisti. Non vi sono «Explicit.» Alla fine del Paradiso il copista ripetè l'ultimo verso del poema «L'amor che muovel sole et laltre stelle», ed una mano di copista posteriore si sbizzarrì a scrivere una variante curiosa «L amor che muovol solo et laltre stelle.»

Il codice bellissimo è perfetto e completo. Unica eccezione è che al Canto XXIII dell'Inferno i versi 98 e 99 furono ripetuti dal copista per isbaglio e poi cassati da lui stesso con linee trasversali. Una sola piccola lacuna si trova nel codice, al Canto VII del Paradiso, ove i versi 73-75 sono omessi. Ciò si spiega facilmente, perchè il copista giunto a fine di colonna, passando ad altra colonna, si lasciò sfuggire la terzina.

Questo codice preziosissimo deve essere assegnato alla prima metà del secolo XIV; quindi esso o è contemporaneo o di poco posteriore al Poeta. Con tutta probabilità, com' è anche d'avviso un Dantista Fiorentino, il codice fa parte di quella importantissima famiglia dei *DANTI*, cosidetti del *CENTO*, che un Amanuense Fiorentino trascrisse ricavando dal suo lavoro una somma così cospicua da maritare sei figliuole con dote ragguardevole, aneddoto notissimo agli studiosi di Dante ed ai bibliofili. Il nostro codice presenta molta analogia ed affinità col codice Laurenziano Strozziano No. CXLIX, che ha un numero di fogli di poco superiore, perchè contiene i Capitoli del figliuolo di Dante e di Bosone da Gubbio.

CODICE MORGAN 341.—Questo codice cartaceo è legato in pergamena e molto probabilmente appartiene alla fine del secolo XIV o al principio del secolo XV. Esso faceva parte della collezione Olschki di Firenze, donde passò alla Biblioteca Morgan. È impossibile identificare il nostro codice con qualcuno dei Manoscritti descritti da De Batines nella sua opera monumentale. Il codice misura in larghezza mm. 200 ed in altezza mm. 273; ma prima che il legatore d'età recente raffilasse le pagine, doveva essere di maggiori proporzioni, come apparisce da qualche angolo delle carte, che non venne mutilato perchè trovavasi ripiegato.

Ora le carte del codice vero e proprio sono soltanto 188, ma un tempo esse dovevano essere 192, distribuite in 12 quaderni di 16 carte cadauno. Il raffilatore portò via la numerazione antica; resta però intero al suo posto il numero 149, per una fortuita ripiegatura d'angolo. La carta 147 del codice presente era in antico la carta 149. Le carte 1 *recto*-62 *verso* contengono l'Inferno; le carte 65 *recto*-126 *verso* contengono il Purgatorio e le carte 127 *recto*-188 *verso* contengono il Paradiso. Il rilegatore aggiunse due guardie cartacee al principio ed altre due alla fine.

Sul *verso* della prima guardia al principio del codice, quasi in mezzo alla pagina si leggono le seguenti parole di mano piuttosto recente: «*Caroli Fran:*[cl] *Zampiccoli Foroliviensis.*» Sul *recto* della seconda guardia di mano recente si leggono in grande formato le parole: «COMEDIA DI DANTE», e nell'angolo inferiore destro, fatte con timbro ovale a umido, le parole: «LUIGI GIOVANELLI SALVDECIO». Sulla prima delle due carte di guardia in fine del codice, si leggono, di scrittura forse del secolo XVIII, accenni all'eresia di Dante ed alla questione se il sacello contenente la sua tomba sia luogo immune. Questi accenni, interessanti, non offrono nulla di nuovo.

La prima carta del codice, cioè la prima dell'Inferno, è evidentemente un' aggiunta posteriore, con cui si volle rimediare alla perdita della carta primitiva, strappata forse perchè conteneva una miniatura, come la prima carta del Purgatorio e la prima del Paradiso. Eccettuata questa aggiunta della prima carta dell'Inferno, il taglio delle carte in fine ai quaderni 8 e 12, e qualche macchia per umidità, il codice è ben conservato e sembra che non sia stato molto usato. Il testo della Divina Commedia è scritto a una sola colonna per pagina, e la colonna contiene da principio 12 terzine, ma da carta 3 *verso* sino alla fine contiene 13 terzine. La scrittura del codice, tranne quella della prima carta aggiunta posteriormente, è tutta della stessa mano, se si eccettuano le volte, che si rifecero con nuovo inchiostro alcuni versi già sbiaditi. Essa presenta qua e là piccole differenze, ma queste derivano oltre che da cambiamento di penna ed inchiostro, dalla incostanza della mano del copista; cosa naturale in un lavoro così lungo, fatto con calligrafia quasi corrente.

Le iniziali dei Canti sono grandi maiuscole rosse senza fregi; invece le iniziali delle terzine sono semplicemente maiuscole nere. La iniziale (P) del primo Canto del Purgatorio e la iniziale (L) del primo del Paradiso sono molto più grandi ed abbellite di miniature. La prima ha nell'occhio Dante e Vergilio entro una barca a vela; la seconda in mezzo ad una corona di sei angeli rappresenta Dio, barbato e sedente in trono, con i cieli sgabello de' suoi piedi, e più in basso, a destra di Dio, si vede Beatrice, la quale, tenendo con la sua destra la sinistra mano di Dante, guarda in alto ed additando con la sinistra il Signore, inalza a volo il Poeta a traverso i cieli. La iniziale del primo verso del primo Canto dell'Inferno, fu dorata da chi copiò la prima carta.

Il codice non contiene nessuna postilla. Prima dei singoli Canti, d'inchiostro rosso e della stessa mano del copista, si trovano delle rubriche, che non corrispondono precisamente a nessuno dei tre tipi principali, già segnalati dalla Società Dantesca, pur mostrando rapporti con uno dei medesimi. Queste rubriche, come pure il testo del poema, rivelano che il copista non è toscano, ma dell'Italia settentrionale. Queste peculiarità dialettali sono abbastanza numerose nei primi Canti dell'Inferno; ma poi si fanno più rare e sembra che il copista o accortosi da sè, oppure avvisato da qualcuno, ponesse maggiore attenzione di non guastare la purezza di lingua del Poeta. Può darsi altresì che il codice derivi da due esemplari differenti.

A carta 62 *verso* si legge: «Explicit prima cantica Comedie Dantis». A carta 126 *verso*: «Explicit secunda cantica Comedie Dantis», ed a carta 188 *verso:* «Explicit Comedia Dantis Alagherij

> Quam edidit in Millo Trecentesimo sub anno
> dominice incarnatõis mense marcij sole in
> Ariete ē luna in libra. Qui decessit ĩ millõ
> trecentesimo vigesimo primo in Civitate
> Ravenne ĩ die Scē Crucis mense Septembris
> Cuius anima requiescat ĩ pace Amen.

CODICE MORGAN. 405.

—Questo codice cartaceo legato in cartapecora appartiene molto probabilmente alla seconda metà del secolo XIV. Era un tempo proprietà della nobile famiglia Capilupi di Mantova, e Andres nel suo catalogo di manoscritti appartenenti a detta famiglia, lo chiama uno dei migliori manoscritti della Divina Commedia. Colomb de Batines nella sua Bibliografia Dantesca (pag. 130) dice di questo codice: «La buona lezione del testo e l'utilità del commento fanno pregevolissimo questo codice». Il nostro manoscritto appartenne per qualche tempo alla collezione di A. Imbert, Roma; poi passò alla Biblioteca Morgan.

Il codice misura in altezza mm. 294 ed in larghezza mm. 212. Il legatore antico non toccò le pagine, come si può vedere dalla parole: «Inf.-Pur.-Pa.», che si leggono su ogni carta *recto* del codice nel mezzo in alto. Le carte del codice vero e proprio sono 187; però dovettero essere di più, perchè il manoscritto, a carta 187 *verso*, finisce col verso 104 del Canto XXIX del Paradiso. Tutto il resto del Paradiso manca. Non vi è numerazione antica. L'Inferno occupa le carte 1 *recto*-68 *verso;* il Purgatorio comincia a carta 70 *recto* e va fino a carta 125 *recto;* il Paradiso occupa cc. 126 *recto*-187 *verso.*

Al principio del codice va aggiunta una guardia di cartapecora, sulla quale nella parte *verso* si legge la rubrica: «Incipit prologus Inferni». Detto prologo in latino occupa quasi tre quarti della guardia, è scritto su una colonna ed è suddiviso in sei capitoletti distinti l'uno dall'altro con un segno rubricale rosso. Alla fine dell'Inferno, carta 68 *verso*, si legge: «Explicit p'ma pars Comedie Dātis que infernus appēllī». Sulla carta 69 *verso* si legge la rubrica: «Prologus circha sequētes Comedias Purgatorj». A differenza di quello dell'Inferno, il prologo del Purgatorio è scritto su due colonne ed è distinto da 24 segni rubricali rossi. Alla fine della carta 69 *verso*, in basso e nel mezzo della pagina si legge: «*Per corer miglior aqua*»; uso non molto frequente in altre carte, accennante al primo verso della pagina *recto*. Del Purgatorio mancano interamente i primi sette Canti. A carta 70 *recto* il codice comincia col verso 108 del Canto VIII: «*Suso a le poste e rivolando eguali*». A carta 125 *recto* si legge: «Explicit secūda pars Comedie Dātis que pūgatorīm appllāt.» La carta 125 *verso*, destinata evidentemente al prologo del Paradiso è lasciata in bianco; ma alla terza Cantica non fu premesso il prologo affatto. Le carte 125 *verso* e 126 *recto* sono macchiate da inchiostro d'epoca posteriore. Il Paradiso, come abbiamo già detto, finisce nel nostro codice a carta 187v., col verso 104 del Canto XXIX.

I Canti sono preceduti da brevi rubriche in rosso, della stessa mano del copista, in lingua latina. Il codice è scritto su una colonna. La prima iniziale del primo verso della prima terzina è scritta con inchiostro rosso e con formato più grande; tutte le altre iniziali delle terzine sono scritte con inchiostro nero e carattere quasi maiuscolo. Sul nero poi il copista passò una striscia o linea di rosso.

Cosa notevole in questo codice è che in margine, preferibilmente a destra del Canto, si trova un breve commento in latino, di non grande importanza, ma della stessa mano del copista e suddiviso con segni rubricali a rosso. Quando il commento abbonda, allora fu occupato non solo l'altro margine a sinistra del Canto, ma anche quelli in alto e basso. Il Purgatorio ha già meno commento dell'Inferno, ed il Paradiso ne è privo del tutto. Vi sono rare correzioni o varianti in margine, alcune delle quali dello stesso copista, altre invece di età posteriore. Il codice, anche prescindendo dai Canti che mancano, non si trova in buone condizioni, e vi sono molte macchie per umidità o acqua. Esso era legato con pergamena non molto solida. La guardia alla fine andò perduta con gli ultimi Canti del Paradiso. Il codice, privo di miniature, per ragione della sua scrittura, che rivela una mano esperta, della carta e dell'inchiostro, sembra appartenere alla seconda metà del secolo XIV. Il copista, per certi fatti fonetici, pare essere non toscano, ma dell'Italia settentrionale.

ENCICLICA DI S. S. BENEDETTO XV

PER LE FESTE CENTENARIE

DI DANTE ALIGHIERI

Tra i molti e famosi ingegni, di cui va gloriosa la fede cattolica, i quali, oltrechè negli altri campi della scienza, in quello specialmente della letteratura e dell'arte lasciarono immortali frutti del loro valore, rendendosi altamente benemeriti della religione e della civiltà, sommo si eleva Dante Alighieri, della cui morte tra poco si celebrerà il sesto centenario. Mai forse, come oggi, fu posta in tanta luce la singolare grandezza di lui: mentre non solo l'Italia, giustamente orgogliosa di avergli dato i natali, ma tutte le nazioni civili, per mezzo di appositi comitati di dotti, si accingono a solennizzarne la memoria, affinchè questa eccelsa figura, che è vanto e decoro dell'umanità, venga onorata dal mondo intero.

Noi pertanto, in questo universale concerto dei buoni, non dobbiamo assolutamente mancare, ma presiedervi piuttosto, spettando particolarmente alla Chiesa il diritto di chiamar suo l'Alighieri.

Laonde, come al principio del Nostro Pontificato, con una lettera diretta all'Arcivescovo di Ravenna, Ci siamo fatti promotori dei restauri del tempio presso cui riposano le ceneri del Poeta, così ora, quasi ad iniziare il ciclo delle feste centenarie, Ci è parso opportuno di rivolgere la parola a voi tutti, o diletti figli, i quali coltivate le lettere sotto la materna vigilanza della Chiesa, per dimostrare ancor meglio l'intima unione di Dante con questa Cattedra di Pietro, e come le lodi tributate a sì eccelso nome, per necessità ridondino per non piccola parte ad onore della Chiesa Cattolica.

E primieramente, poichè il divin Poeta durante l'intera sua vita professò in modo esemplare la religione cattolica, si può dire consentaneo ai suoi voti che questa commemorazione solenne si faccia, come si farà, sotto gli auspici della religione; e che se avrà compimento in San Francesco di Ravenna, s'inizi però a Firenze in quel suo bel San Giovanni, a cui negli ultimi anni di sua vita egli esule con intensa nostalgia ripensava, bramando di essere incoronato poeta sul fonte stesso del suo battesimo. Vissuto in un'età, che, raccogliendo in retaggio dagli antichi i più splendidi frutti della dottrina e della speculazione filosofica e teologica, li tramandava ai secoli futuri coll'impronta del rigoroso metodo scolastico, Dante, in mezzo alle varie correnti del pensiero, che pure allora erano diffuse tra i dotti, si fece discepolo di quel Principe della scuola, sì chiaro per l'angelica tempra dell'intelletto, S. Tommaso d'Aquino; e da lui attinse quasi tutte le sue cognizioni filosofiche e teologiche; e mentre non trascurava nessun ramo dell'umano sapere, bevea intanto largamente alle fonti della Sacra Scrittura e dei Padri. Appreso così quasi tutto lo scibile del suo tempo, e nutrito specialmente di sapienza cristiana, quando si accinse a scrivere, dallo stesso campo della religione egli tolse a trattare in versi una materia immensa e di sommo rilievo. Nel che, se si deve ammirare la prodigiosa vastità ed acutezza del suo ingegno, si deve anche riconoscere che ben poderoso slancio d'ispirazione egli trasse dalla fede divina, e che quindi potè abbellire il suo immortale poema delle multiformi luci delle verità rivelate non meno che di tutti gli splendori dell'arte. Infatti la sua Commedia, che meritamente ebbe il titolo di divina, pur nelle varie finzioni simboliche e nei ricordi della vita dei mortali sulla terra, ad altro infine non mira se non a glorificare la giustizia e la provvidenza di Dio che governa il mondo nel tempo e nella eternità, e punisce e premia le azioni degli individui e della società umana. Quindi, conformemente alla rivelazione divina, risplende in questo poema la maestà di Dio Uno e Trino, la Redenzione del genere umano operata per il Verbo di Dio fatto uomo, la somma benignità e liberalità di Maria Vergine e Madre, Regina del cielo, e infine la superna gloria dei santi, degli angeli e degli uomini; a cui fa tremendo contrasto e sgabello l'abisso infernale coi suoi angelici ed umani dannati abitatori; e, quasi mondo mediano tra il cielo e l'inferno, è scala il purgatorio delle anime destinate, dopo l'espiazione, alla superna beatitudine. E desta veramente meraviglia come sappia in tutte e tre le cantiche intrecciare questi e gli altri dogmi con sapiente disegno.—Che se il progresso delle scienze astronomiche dimostrò poi che non avea base quella concezione del mondo, e inesistenti le sfere supposte dagli antichi, trovando che la natura, il numero e il corso degli astri e dei pianeti sono affatto diversi da quanto quelli ne pensavano, non venne meno però il principio fondamentale, che l'universo, qualunque sia l'ordine che lo sostiene nelle sue parti, è opera del cenno creatore e conservatore di Dio onnipotente, il quale tutto muove e governa, e la cui gloria «*risplende in una parte più e meno altrove*»; e questa terra che noi abitiamo, quantunque non sia il centro dell'universo, come un tempo si credeva, è sempre vero che essa fu il teatro della primordiale felicità dei nostri progenitori e testimone così della loro infausta caduta, come dell'umana redenzione, operata dalla passione e morte di Gesù Cristo. —Perciò il divino Poeta spiegò in modo la triforme vita delle anime da lui immaginata, di rischiarare, prima del finale giudizio, sia la dannazione dei reprobi, sia la purgazione degli spiriti buoni e sia la felicità eterna dei beati, con luce che emana dalla Fede. Senonchè tra le verità lumeggiate dall'Alighieri nel suo triplice carme, come anche nelle altre sue opere, queste Noi crediamo che possano servire d'insegnamento agli uomini del nostro tempo. Che i cristiani debbano riverenza somma alla Sacra Scrittura e con perfetta docilità accettare quanto essa contiene, lo proclama altamente quando dice che *sebbene siano molti gli scrivani della divina parola, uno solo tuttavia è il dettatore: Iddio, il quale si è degnato di significare a noi il suo beneplacito per le penne di molti* (¹). Splendida espressione di una grande verità! Così pure quando afferma che il *Vecchio* e il *Nuovo Testamento*, i quali sono *prescritti in eterno, come dice il Profeta*, contengono *spirituali insegnamenti che trascendono l'umana ragione*, impartiti *dallo Spirito Santo, il quale per mezzo dei Profeti e dei sacri scrittori, per Gesù Cristo coeterno Figliuolo di Dio, e pei suoi discepoli rivelò la verità soprannaturale e a noi necessaria* (²). Pertanto giustamente egli dice che intorno alla vita futura «*ne accerta la veracissima dottrina di Cristo, la quale è Via, Verità e Luce: Via, perchè per essa senza impedimento andiamo alla felicità di quella immortalità; Verità, perchè non soffre alcuno errore; Luce, perchè illumina noi nelle tenebre della ignoranza mondana*» (³).

Nè minore riverenza egli porta *a quei venerandi Concilii principali, nei quali essere Cristo stato presente non dubita nessun fedele;* e in gran pregio gli sono pure le *scritture dei dottori, di Agostino e degli altri, i quali chi dubita che siano stati aiutati dallo Spirito Santo, mai non vide i lor frutti, o, se li vide, non ebbe mai a gustarne* (⁴).

Non è poi a dire quanto grande stima faccia l'Alighieri dell'autorità della Chiesa Cattolica, e in qual conto egli tenga la potestà del Romano Pontefice, come quella su cui è basata ogni legge ed ogni istituzione della Chiesa stessa. Di qui quell'energica ammonizione ai cristiani:

> «*Avete il vecchio e il nuovo Testamento,*
> «*e il Pastor della Chiesa, che vi guida:*
> «*questo vi basti a vostro salvamento*».

Sentiva i mali della Chiesa come suoi propri, e mentre deplorava ed esecrava ogni ribellione al supremo suo Capo, così scriveva durante la dimora dei Papi in Avignone ai Cardinali Italiani: *Noi adunque che il medesimo Padre e Figliuolo, il medesimo Dio ed uomo, e la medesima Madre e Vergine confessiamo: noi pei quali fu detto a colui che della carità fu interrogato tre volte: pasci o Pietro, il sacrosanto ovile; noi che di Roma (di quella Roma, cui, dopo le pompe di tanti trionfi Cristo colle parole e colle opere confermò l'imperio del mondo, e Pietro ancora e Paolo, l'Apostolo delle genti, consacrarono quale sede apostolica col proprio sangue), siamo costretti con Geremia, non facendo lamenti pei futuri ma pei presenti, a piangere dolorosamente quale di vedova e derelitta; noi preme grave cordoglio il mirar lei così fatta, non meno che il vedere la piaga deplorevole delle eresie.*

Per lui la Chiesa Romana è la *madre piissima*, la *Sposa del Crocifisso:* e a Pietro, giudice infallibile delle verità rivelate, è dovuta perfetta sommissione in materia di fede e di morale. Onde quantunque sia d'avviso che la dignità dell'Imperatore proceda immediatamente da Dio, asserisce però che questa verità *non va così strettamente intesa che il Principe Romano non sia al Romano Pontefice in alcuna cosa soggetto; poichè questa mortale felicità è ordinata in certo qual modo alla felicità immortale* (⁵). Ottimo invero e sapiente principio, il quale, se fosse anche oggi osservato, come si conviene, arrecherebbe certamente agli Stati frutti ubertosi di civile prosperità.

Ma, si dirà, egli inveì con oltraggiosa acrimonia contro i Sommi Pontefici del suo tempo. É vero; ma contro quelli che dissentivano da lui nella politica e che egli credeva stessero dalla parte di coloro che lo avevano cacciato dalla patria. Ma si deve pur compatire un uomo, tanto sbattuto dalla fortuna, se con animo esulcerato irruppe talvolta in invettive che passavano il segno, tanto più che ad esasperarlo nella sua ira non furono certo estranee le false notizie propalate, come suole accadere, da avversari politici, propensi sempre a tutto interpretare malignamente. Del resto chi nega che in quel tempo vi fossero delle cose da rimproverare al clero, per cui un animo sì devoto della Chiesa, come quello di Dante, ne doveva essere assai disgustato, mentre sappiamo che anche uomini insigni per santità altamente allora le riprovarono?

Ma per quanto si scagliasse nelle sue invettive veementi, a ragione o a torto, contro persone ecclesiastiche, non mai però venne meno in lui il rispetto dovuto alla Chiesa, e «la riverenza delle Somme Chiavi»; laonde nell'opera sua politica intese a difendere la sua propria opinione *con quell'ossequio che deve usare un figlio pio verso il proprio padre, pio verso la madre, pio verso Cristo, pio verso la Chiesa, pio verso il Pastore, pio verso tutti coloro che professano la religione cristiana, per la tutela della verità* (6).

Pertanto, avendo egli basato su questi saldi principii religiosi tutta la struttura del suo poema, non fa meraviglia se in esso si riscontra un tesoro di dottrina cattolica; cioè non solo il succo della filosofia e della teologia cristiana, ma anche il compendio delle divine leggi che devono presiedere all'ordinamento ed alla amministrazione degli Stati; poichè non era tal uomo l'Alighieri da sostenere, affine d'ingrandire la patria o per compiacere ai Principi, che lo Stato possa misconoscere la giustizia e il diritto, che egli ben sapeva essere il principale fondamento delle civili nazioni.

Indicibile dunque è il godimento intellettuale che procura lo studio del sommo Poeta; però non minore è il profitto che lo studioso ne ricava, perfezionando il suo gusto artistico ed accendendosi di zelo per la virtù; a patto però che egli sia scevro di pregiudizii ed aperto all'influsso della verità. Che anzi, mentre non è scarso il numero dei grandi poeti cattolici che uniscono l'utile al dilettevole, questo è singolare in Dante, che affascinando il lettore colla meravigliosa varietà delle imagini, colla smagliante vivezza dei colori, colla grandiosità delle espressioni e dei pensieri, lo trascina all'amore della cristiana sapienza; nè alcuno ignora che egli apertamente dichiara di aver composto il suo poema per apprestare a tutti «vital nutrimento». E di fatti sappiamo che alcuni, anche recentemente, lontani, ma non avversi a Gesù Cristo, studiando con amore la Divina Commedia, per divina grazia, prima cominciarono ad ammirare la verità della fede cattolica, e poi finirono col gettarsi entusiasti tra le braccia della Chiesa.

Basta quanto abbiamo fin qui detto per dimostrare quanto sia opportuno che, in occasione di questo centenario mondiale, ciascuno intensifichi il suo zelo per conservare quella Fede, che sì luminosamente si rivelò, se in altri mai, nell'Alighieri, quale fautrice della coltura e dell'arte. Poichè in lui non va soltanto ammirata l'altezza somma dell'ingegno, ma anche la vastità dell'argomento che la religione santa gli offerse a cantare. Che se l'acume del suo gran genio si affinò meditando con lungo studio sui capolavori degli antichi classici, fu temprato ancor più gagliardamente, come abbiamo detto, dagli scritti dei Dottori e dei Padri, i quali diedero a lui l' ala possente di elevarsi a spaziare in orizzonti ben più vasti di quelli che son racchiusi nel breve ambito della natura. Perciò egli, quantunque separato da noi da un intervallo di secoli, conserva ancora la freschezza di un poeta dell'età nostra; e certamente assai più moderno di certi vati recenti, esumatori di quel paganesimo che fu spazzato via per sempre da Cristo trionfante dalla sua Croce. Spira nell'Alighieri la stessa pietà che in noi, gli stessi sentimenti ha la sua fede, e degli stessi veli si adombra, a noi venuta dal cielo, «la verità che tanto ci sublima».

Questo è il precipuo suo vanto di essere poeta cristiano, di avere cioè cantato con divini accenti quei cristiani ideali che egli appassionatamente ammirava in tutto il fulgore della loro bellezza sentendoli profondissimamente e di essi vivendo. E coloro che osano negare a Dante tale pregio, e riducono tutto il sostrato religioso della Divina Commedia ad una vaga ideologia che non ha base di verità, essi misconoscono in Dante ciò che è caratteristico e il fondamento di tutti gli altri suoi pregi.

Se dunque tanta parte della sua fama e grandezza deve Dante alla fede cattolica, valga questo solo esempio, per tacere di altri, a dimostrare quanto sia falso che l'ossequio della mente e del cuore a Dio tarpi le ali all'ingegno, mentre lo sprona e lo inalza; e quanto male provvedano al progresso della cultura e della civiltà coloro che vogliono bandita dall'istruzione pubblica ogni idea di religione. É infatti assai deplorevole il sistema, vigente oggigiorno, di educare in tal modo la gioventù studiosa come se Dio non esistesse e senza la minima allusione al soprannaturale. Poichè sebbene in qualche luogo il «poema sacro» non sia tenuto lontano dalle scuole e sia anzi annoverato fra i libri che devono essere più studiati, esso però non suole per lo più arrecare ai giovani quel *vital nutrimento* che è destinato a produrre, in quanto che, per l'indirizzo laico, essi non sono così, come dovrebbero essere, disposti verso le verità della Fede. Volesse il cielo che questo fosse il frutto del centenario Dantesco; che cioè, ovunque si impartisce l'insegnamento letterario, l'altissimo Poeta fosse tenuto nel dovuto onore, e ch'egli stesso agli alunni si facesse il maestro della dottrina cristiana; egli, che non prefisse altro scopo al suo poema che di *sollevare i mortali dallo stato di miseria*, cioè del peccato, e *di condurli allo stato della felicità*, cioè della grazia divina (7).

E voi, o diletti figli, che avete la ventura di coltivare le lettere sotto il magistero della Chiesa, amate e abbiate caro, come fate, questo eccelso Poeta, che noi non esitiamo di chiamare il cantore più eloquente dell'idea cristiana. Quanto più profitterete nello studio di lui, tanto più si eleverà la vostra cultura, irradiata dagli splendori della verità, e più saldo e volonteroso sarà il vostro ossequio alla Fede cattolica.

Quale auspicio dei celesti favori e in attestato di paterna benevolenza, impartiamo a voi tutti, o diletti figli, con tutta l'effusione del cuore l'Apostolica Benedizione.

Dato a Roma, presso S. Pietro, il 30 Aprile 1921, nell'anno settimo del Nostro Pontificato.

BENEDICTUS PP. XV.

(1) Mon. III, 4.   (2) Mon. III, 3, 16.   (3) Conv. II, 9.   (4) Mon. III, 3.   (5) Epist. VIII.   (6) Mon. III. 16.   (7) S. Leo M. Serm. 4 de Quadrag.   (8) Mon. III, 3.   (9) Epist. X, paragr. 15.

INFERNO

INFERNO

Incomincia la Commedia di Dante Alleghieri di Firençe, ne la quale tratta de le pene et punimenti de' viçii et de' meriti et premii de le virtù.

Canto primo de la prima parte, la quale si chiama Inferno, nel quale l'autore fa proemio a tutta l'opera.

CANTO PRIMO

Nel meçço del cammin di nostra vita
mi ritrovai per una selva oscura,
che la diritta via era smarrita.

4 Et quanto a dir qual era è cosa dura
esta selva selvaggia et aspra et forte,
che nel pensier rinnova la paura,

7 tanto è amara, che poco è più morte;
ma per trattar del ben ch' i' vi trovai,
dirò de l' altre cose ch' io v' ho scorte.

10 I' non so ben ridir com' io v' entrai,
tant' era pien di sonno in su quel punto,
che la verace via abbandonai.

13 Ma poi ch' io fui al piè d' un colle giunto,
là dove terminava quella valle
che m' avea di paura il cor compunto,

16 guardai in alto et vidi le sue spalle
vestite già de' raggi del pianeta
che mena dritto altrui per ogni calle.

1

19   Allor fu la paura un poco cheta
       che nel lago del cor m' era durata
       la notte ch' i' passai con tanta pièta.

22   Et come quei che con lena affannata
       uscito fuor del pelago a la riva,
       si volge a l' acqua perigliosa et guata;

25   così l' animo mio che ancor fuggiva,
       si volse a retro a rimirar lo passo,
       che non lasciò giammai persona viva.

28   Poi ch' èi posato un poco il corpo lasso,
       ripresi via per la piaggia diserta,
       sì che il piè fermo sempre era il più basso.

31   Et ecco, quasi al cominciar de l' erta,
       una lonça leggiera et presta molto,
       che di pel maculato era coperta.

34   Et non mi si partia dinançi al volto;
       ançi impediva tanto il mio cammino,
       ch' io fui per ritornar più volte vòlto.

37   Tempo era dal principio del mattino,
       e il sol montava in su con quelle stelle
       ch' eran con lui, quando l' Amor divino

40   mosse di prima quelle cose belle;
       sì ch' a bene sperar m' era cagione
       di quella fera a la gaietta pelle,

43   l' ora del tempo et la dolce stagione;
       ma non sì, che paura non mi desse
       la vista che mi apparve d'un leone.

46   Questi parea che contra me venesse
       con la test' alta et con rabbiosa fame,
       sì che parea che l' aere ne temesse.

2

49 Et una lupa, che di tutte brame
      sembiava carca ne la sua magreçça,
      et molte genti fe' già viver grame:
52 questa mi porse tanto di graveçça
      con la paura che uscia di sua vista,
      ch' io perdei la sperança de l' alteçça.
55 Et quale è quei che volontieri acquista,
      et giunge il tempo che perder lo face,
      che in tutt' i suoi pensier piange et s' attrista;
58 tal mi fece la bestia sança pace,
      che venendomi incontro, a poco a poco
      mi ripingeva là, dove il sol tace.
61 Mentre ch' io ruinava in basso loco,
      dinançi a li occhi mi si fu offerto
      chi per lungo silençio parea fioco.
64 Quand' io vidi costui nel gran diserto,
      «Miserere di me», gridai a lui,
      «qual che tu sii, od ombra od homo certo».
67 Rispuosemi: «Non homo, homo già fui,
      et li parenti miei furon Lombardi,
      Mantovani per patria ambedui.
70 Nacqui *sub Iulio*, ancor che fosse tardi,
      et vissi a Roma sotto il buono Augusto,
      al tempo de li Dei falsi et bugiardi.
73 Poeta fui et cantai di quel giusto
      figliuol d' Anchise, che venne da Troia,
      poi che il superbo Iliòn fu combusto.
76 Ma tu perchè ritorni a tanta noia,
      perchè non sali il dilettoso monte,
      ch' è principio et cagion di tutta gioia?»

3

79 «Or se' tu quel Virgilio et quella fonte
   che spandi di parlar sì largo fiume?»
   rispuosi lui con vergognosa fronte.

82 «O de li altri poeti onore et lume,
   vagliami il lungo studio e 'l grande amore
   che m' ha fatto cercar lo tuo volume.

85 Tu se' lo mio maestro e 'l mio autore:
   tu se' solo colui, da cui io tolsi
   lo bello stilo che m' ha fatto onore.

88 Vedi la bestia, per cui io mi volsi:
   aiutami da lei, famoso saggio,
   ch' ella mi fa tremar le vene et polsi».

91 «A te convien tenere altro viaggio»,
   rispuose, poi che lagrimar mi vide,
   «se vuoi campar d' esto loco selvaggio;

94 chè questa bestia, per la qual tu gride,
   non lascia altrui passar per la sua via,
   ma tanto lo impedisce che l' uccide.

97 Et ha natura sì malvagia et ria,
   che mai non empie la bramosa voglia,
   et dopo il pasto ha più fame che pria.

100 Molti son li animali a cui s' ammoglia,
    et più saranno ancora, infin che il Veltro
    verrà, che la farà morir con doglia.

103 Costui non ciberà terra nè peltro,
    ma sapiença et amore et virtute,
    et sua naçion sarà tra Feltro et Feltro.

106 Di quell' umile Italia fia salute,
    per cui morì la vergine Cammilla,
    Eurialo et Turno et Niso di ferute:

109   questi la caccerà per ogni villa,
         fin che l' avrà rimessa ne lo Inferno,
         là onde invidia prima dipartilla.

112   Ond' io per lo tuo me' penso et discerno
         che tu mi segui et io sarò tua guida,
         et trarrotti di qui per loco eterno,

115   ove udirai le disperate strida,
         vedrai li antichi spiriti dolenti,
         che la seconda morte ciascun grida;

118   et poi vedrai color che son contenti
         nel fuoco, perchè speran di venire,
         quando che sia, a le beate genti:

121   a le qua' poi se tu vorrai salire,
         anima fia a ciò più di me degna;
         con lei ti lascerò nel mio partire:

124   chè quello Imperador che lassù regna,
         perch' io fui rubellante a la sua legge,
         non vuol che in sua città per me si vegna.

127   In tutte parti impera et quivi regge,
         quivi è la sua città et l' alto seggio:
         o felice colui cui ivi elegge!»

130   Et io a lui: «Poeta, io ti richeggio
         per quello Dio che tu non conoscesti,
         acciò ch' io fugga questo male et peggio,

133   che tu mi meni là dove or dicesti,
         sì ch' io veggia la porta di san Pietro,
         et color cui tu fai cotanto mesti.»

136   Allor si mosse et io li tenni retro.

5

CANTO SECONDO

Lo giorno se n' andava et l' aere bruno
toglieva li animai, che sono in terra,
da le fatiche loro; et io sol uno
4 m' apparecchiava a sostener la guerra
sì del cammino et sì de la pietate,
che ritrarrà la mente che non erra.
7 O Muse, o alto ingegno, or m' aiutate;
o mente che scrivesti ciò ch' io vidi,
qui si parrà la tua nobilitate.
10 Io cominciai: «Poeta che mi guidi,
guarda la mia virtù, s' ella è possente,
prima che a l' alto passo tu mi fidi.
13 Tu dici che di Silvio lo parente,
corruttibile ancora, ad immortale
secolo andò, et fu sensibilmente.
16 Però se l' avversario d' ogni male
cortese i fu, pensando l' alto effetto,
che uscir dovea di lui, e il chi, e il quale,
19 non pare indegno ad uomo d' intelletto;
ch' ei fu de l' alma Roma et di suo impero
ne l' empireo ciel per padre eletto:

6

22 la quale e il quale, a voler dir lo vero,
   fu stabilito per lo loco santo,
   u' siede il successor del maggior Piero.

25 Per questa andata onde li dai tu vanto,
   intese cose, che furon cagione
   di sua vittoria et del papale ammanto.

28 Andovvi poi lo Vas d' eletione,
   per recarne conforto a quella fede
   ch' è principio a la via di salvatione.

31 Ma io perchè venirvi? o chi 'l concede?
   io non Enea, io non Paolo sono:
   me degno a ciò nè io nè altri 'l crede.

34 Per che se del venire io m' abbandono,
   temo che la venuta non sia folle:
   se' savio, intendi me' ch' io non ragiono.»

37 Et quale è quei che disvuol ciò che volle,
   et per nuovi pensier cangia proposta,
   sì che dal cominciar tutto si tolle;

40 tal mi fec' io in quella oscura costa:
   per che pensando consumai la impresa,
   che fu nel cominciar cotanto tosta.

43 «Se io ho ben la tua parola intesa,»
   rispuose del magnanimo quell' ombra,
   «l' anima tua è da viltate offesa:

46 la qual molte fiate l' uomo ingombra
   sì, che d' onrata impresa lo rivolve,
   come falso veder bestia, quand' ombra.

49 Da questa tema acciò che tu ti solve,
   dirotti perch' io venni et quel che intesi
   nel primo punto che di te mi dolve.

52   Io era intra color che son sospesi,
       et donna mi chiamò beata et bella,
       tal che di comandar io la richiesi.

55   Lucevan li occhi suoi più che la stella;
       et cominciommi a dir soave et piana
       con angelica voce in sua favella:

58   «O anima cortese mantovana,
       di cui la fama ancor nel mondo dura,
       et durerà quanto il moto lontana;

61   l' amico mio et non de la ventura,
       ne la diserta piaggia è impedito
       sì nel cammin, che vòlto è per paura:

64   et temo che non sia già sì smarrito,
       ch' io mi sia tardi al soccorso levata,
       per quel ch' io ho di lui nel ciel udito.

67   Or muovi et con la tua parola ornata,
       et con ciò c' ha mestieri al suo campare,
       l' aiuta sì, ch' io ne sia consolata.

70   Io son Beatrice, che ti faccio andare;
       vegno di loco, ove tornar disio:
       amor mi mosse, che mi fa parlare.

73   Quando sarò dinançi al Signor mio,
       di te mi loderò sovente a lui.»
       Tacette allora et poi comincia' io:

76   «O donna di virtù, sola per cui
       l' umana specie eccede ogni contento
       da quel ciel che ha minor li cerchi sui,

79   tanto m' aggrada il tuo comandamento,
       che l' ubbidir, se già fosse, m' è tardi;
       più non t' è uo' ch' aprirmi il tuo talento.

82 Ma dimmi la cagion che non ti guardi
de lo scender quaggiuso in questo centro
da l' ampio loco ove tornar tu ardi.»

85 «Da che tu vuoi saper cotanto addentro,
dirotti brievemente,» mi rispose,
«perch' io non temo di venir qua entro.

88 Temer si dee di sole quelle cose
c' hanno potença di fare altrui male;
de l' altre no, che non son paurose.

91 Io son fatta da Dio, sua mercè, tale,
che la vostra miseria non mi tange,
nè fiamma d' esto incendio non m' assale.

94 Donna è gentil nel ciel, che si compiange
di questo impedimento ov' io ti mando,
sì che duro giudicio lassù frange.

97 Questa chiese Lucia in suo dimando,
et disse: «Or ha bisogno il tuo fedele
di te et io a te lo raccomando.»

100 Lucia, nimica di ciascun crudele,
si mosse et venne al loco dov' io era,
che mi sedea con l' antica Rachele.

103 Disse: «Beatrice, loda di Dio vera,
chè non soccorri quei che t' amò tanto,
che uscìo per te de la volgare schiera?

106 Non odi tu la pièta del suo pianto,
non vedi tu la morte che il combatte
su la fiumana, ove il mar non ha vanto?»

109 Al mondo non fur mai persone ratte
a far lor pro, nè a fuggir lor danno,
com' io dopo cotai parole fatte,

9

112   venni qua giù dal mio beato scanno,
        fidandomi nel tuo parlare onesto,
        che onora te et quei che udito l' hanno.»

115   Poscia che m' ebbe ragionato questo,
        li occhi lucenti lagrimando volse;
        per che mi fece del venir più presto.

118   Et venni a te così com' ella volse;
        dinançi a quella fiera ti levai
        che del bel monte il corto andar ti tolse.

121   Dunque che è? perchè, perchè ristai?
        perchè tanta viltà nel core allette?
        perchè ardire et franchecça non hai?

124   Poscia che tai tre donne benedette
        curan di te ne la corte del cielo,
        e il mio parlar tanto ben t' impromette?»

127   Qual i fioretti dal notturno gelo
        chinati et chiusi, poi che il sol l' imbianca,
        si driçcan tutti aperti in loro stelo;

130   tal mi fec' io da mia virtute stanca:
        et tanto buono ardire al cor mi corse,
        ch' io cominciai come persona franca:

133   «O pietosa colei che mi soccorse,
        et te cortese, che ubbidisti tosto
        a le vere parole che ti porse!

136   Tu m' hai con disiderio il cor disposto
        sì al venir, con le parole tue,
        ch' io son tornato nel primo proposto.

139   Or va', che un sol volere è d' ambedue;
        tu duca, tu signore et tu maestro.»
        Così li dissi; et poi che mosso fue,

142   entrai per lo cammino alto et silvestro.

Canto terço, nel quale tratta de la porta et de l'entrata de l'Inferno et del fiume d'Acheronte, de la pena di coloro che vivettero sança opere di fama degne; et come il demonio Caron li trae in sua nave et com'egli parloe a l'autore et tocca qui questo viçio in persona di papa Celestino.

CANTO TERÇO

Pᴇʀ ᴍᴇ sɪ ᴠᴀ ɴᴇ ʟᴀ ᴄɪᴛᴛᴀ' ᴅᴏʟᴇɴᴛᴇ,
  ᴘᴇʀ ᴍᴇ sɪ ᴠᴀ ɴᴇ ʟ' ᴇᴛᴇʀɴᴏ ᴅᴏʟᴏʀᴇ,
  ᴘᴇʀ ᴍᴇ sɪ ᴠᴀ ᴛʀᴀ ʟᴀ ᴘᴇʀᴅᴜᴛᴀ ɢᴇɴᴛᴇ.
4 ɢɪᴜsᴛɪᴛɪᴀ ᴍᴏssᴇ ɪʟ ᴍɪᴏ ᴀʟᴛᴏ ꜰᴀᴛᴛᴏʀᴇ;
  ꜰᴇᴄᴇᴍɪ ʟᴀ ᴅɪᴠɪɴᴀ ᴘᴏᴛᴇsᴛᴀᴛᴇ,
  ʟᴀ sᴏᴍᴍᴀ sᴀᴘɪᴇɴçᴀ ᴇᴛ ɪʟ ᴘʀɪᴍᴏ ᴀᴍᴏʀᴇ.
7 ᴅɪɴᴀɴçɪ ᴀ ᴍᴇ ɴᴏɴ ꜰᴜʀ ᴄᴏsᴇ ᴄʀᴇᴀᴛᴇ
  sᴇ ɴᴏɴ ᴇᴛᴇʀɴᴇ ᴇᴛ ɪᴏ ᴇᴛᴇʀɴᴏ ᴅᴜʀᴏ:
  ʟᴀsᴄɪᴀᴛᴇ ᴏɢɴɪ sᴘᴇʀᴀɴçᴀ ᴠᴏɪ ᴄʜ' ᴇɴᴛʀᴀᴛᴇ!

10 Queste parole di colore oscuro
  vid' io scritte al sommo d' una porta:
  per ch' io: «Maestro, il senso lor m' è duro.»
13 Et egli a me, come persona accorta:
  «Qui si convien lasciare ogni sospetto;
  ogni viltà convien che qui sia morta.
16 Noi siam venuti al loco ov' io t' ho detto,
  che tu vedrai le genti dolorose,
  c' hanno perduto il ben de lo intelletto.»
19 Et poi che la sua mano a la mia pose,
  con lieto volto, ond' io mi confortai,
  mi mise dentro a le segrete cose.

11

22   Quivi sospiri, pianti et alti guai
      risonavan per l' aer sança stelle,
      per ch' io al cominciar ne lagrimai.
25   Diverse lingue, orribili favelle,
      parole di dolore, accenti d' ira,
      voci alte et fioche, et suon di man con elle
28   facevano un tumulto, il qual s' aggira
      sempre in quell' aura sança tempo tinta,
      come la rena quando a turbo spira.
31   Et io, ch' avea d' orror la testa cinta,
      dissi: «Maestro, che è quel ch' i' odo?
      et che gent' è, che par nel duol sì vinta?»
34   Et egli a me: «Questo misero modo
      tengon l' anime triste di coloro
      che visser sança infamia et sança lodo.
37   Mischiate sono a quel cattivo coro
      de li angeli che non furon ribelli,
      nè fur fedeli a Dio, ma per sè foro.
40   Cacciârli i ciel per non esser men belli;
      nè lo profondo Inferno li riceve,
      chè alcuna gloria i rei avrebber d' elli.»
43   Et io: «Maestro, che è tanto greve
      a lor, che lamentar li fa sì forte?»
      Rispuose: «Dicerolti molto breve.
46   Questi non hanno sperança di morte,
      et la lor cieca vita è tanto bassa,
      che invidiosi son d' ogni altra sorte.
49   Fama di loro il mondo esser non lassa,
      misericordia et giustitia li sdegna:
      non ragioniam di lor, ma guarda et passa.»

52 Et io, che riguardai, vidi una insegna,
   che girando correva tanto ratta
   che d' ogni posa mi pareva indegna;

55 et dietro le venìa sì lunga tratta
   di gente, ch' i' non avrei mai creduto
   che morte tanta n' avesse disfatta.

58 Poscia ch' io v' ebbi alcun riconosciuto,
   vidi et conobbi l' ombra di colui
   che fece per viltà lo gran rifiuto.

61 Incontanente intesi et certo fui,
   che quest' era la setta de' cattivi
   a Dio spiacenti et a' nemici sui.

64 Questi sciaurati, che mai non fur vivi,
   erano ignudi et stimulati molto
   da mosconi et da vespe ch' eran ivi.

67 Elle rigavan lor di sangue il volto,
   che, mischiato di lagrime, a' lor piedi,
   da fastidiosi vermi era ricolto.

70 Et poi che a riguardare oltre mi diedi,
   vidi gente a la riva d' un gran fiume:
   per ch' io dissi: «Maestro, or mi concedi

73 ch' io sappia quali sono et qual costume
   le fa di trapassar parer sì pronte,
   com' io discerno per lo fioco lume.»

76 Et elli a me: «Le cose ti fien conte,
   quando noi fermerem li nostri passi
   su la trista riviera d' Acheronte.»

79 Allor con li occhi vergognosi et bassi,
   temendo no 'l mio dir li fosse grave,
   infino al fiume dal parlar mi trassi.

82 Et ecco verso noi venir per nave
un vecchio bianco per antico pelo,
gridando: «Guai a voi anime prave!

85 Non isperate mai veder lo cielo!
Io vegno per menarvi a l' altra riva,
ne le tenebre eterne, in caldo e in gelo.

88 Et tu che se' costì, anima viva,
pàrtiti da cotesti che son morti.»
Ma poi che vide ch' io non mi partiva,

91 disse: «Per altra via, per altri porti
verrai a piaggia, non qui, per passare
più lieve legno convien che ti porti.»

94 E il duca a lui: «Caron non ti crucciare:
vuolsi così colà, dove si puote
ciò che si vuole et più non dimandare.»

97 Quinci fur chete le lanose gote
al nocchier de la livida palude,
che intorno a li occhi avea di fiamme rote.

100 Ma quell' anime ch' eran lasse et nude,
cangiâr colore et dibattero i denti,
ratto che inteser le parole crude.

103 Bestemmiavano Iddio et lor parenti,
l' umana speçie, il luogo, il tempo e il seme
di lor semença et di lor nascimenti.

106 Poi si raccolser tutte quante insieme,
forte piangendo, a la riva malvagia
che attende ciascun uom che Dio non teme.

109 Caron demonio, con occhi di bragia,
loro accennando, tutte le raccoglie;
batte col remo qualunque s' adagia.

112 Come d' autunno si levan le foglie
   l' una appresso de l' altra, infin che il ramo
   vede a la terra tutte le sue spoglie,
115 similemente il mal seme d' Adamo
   gittansi di quel lito ad una ad una,
   per cenni, come augel per suo richiamo.
118 Così sen vanno su per l' onda bruna,
   et avanti che sian di là discese,
   anche di qua nuova schiera s' aduna.
121 «Figliuol mio,» disse il maestro cortese,
   «quelli che muoion ne l' ira di Dio
   tutti convegnon qui d' ogni paese;
124 et pronti sono a trapassar lo rio,
   chè la divina giustitia li sprona
   sì, che la tema si volve in disio.
127 Quinci non passa mai anima buona;
   et però se Caron di te si lagna,
   ben puoi saper omai che il suo dir suona.»
130 Finito questo, la buia campagna
   tremò sì forte, che de lo spavento
   la mente di sudore ancor mi bagna.
133 La terra lagrimosa diede vento,
   che balenò una luce vermiglia,
   la qual mi vinse ciascun sentimento;
136 et caddi, come l'uom che 'l sonno piglia.

*Canto quarto, nel quale mostra del primo cerchio d'In-
ferno, luogo detto Limbo. Et qui tratta de la pena de' non
batteççati et di valenti uomini, li quali moriro innançi l'aveni-
mento di Cristo et non conobbero debitamente Idio et come Cristo trasse di questo luogo molte anime.*

CANTO QUARTO

Ruppemi l' alto sonno ne la testa
    un greve tuono, sì ch' io mi riscossi,
    come persona che per força è desta.

4   Et l' occhio riposato intorno mossi,
    dritto levato et fiso riguardai
    per conoscer lo loco dov' io fossi.

7   Vero è che in su la proda mi trovai
    de la valle d' abisso dolorosa,
    che tuono accoglie d' infiniti guai.

10   Oscura, profonda era et nebulosa
    tanto, che, per ficcar lo viso al fondo,
    io non vi discerneva alcuna cosa.

13   «Or discendiam qua giù nel cieco mondo,»
    cominciò il poeta tutto smorto:
    «io sarò primo et tu sarai secondo.»

16   Ond' io, che del color mi fui accorto,
    dissi: «Come verrò, se tu paventi,
    che suoli al mio dubbiare esser conforto?»

19   Et egli a me: «L' angoscia de le genti
    che son qua giù, nel viso mi dipigne
    quella pietà che tu per tema senti.

22 Andiam, chè la via lunga ne sospigne».
    Così si mise et così mi fe' entrare
    nel primo cerchio che l' abisso cigne.

25 Quivi, secondo che per ascoltare,
    non avea pianto ma' che di sospiri,
    che l' aura eterna facevan tremare.

28 Ciò avvenia di duol sança martìri
    ch' avean le turbe, ch' eran molte et grandi,
    d' infanti et di femmine et di viri.

31 Lo buon maestro a me: «Tu non dimandi
    che spiriti son questi che tu vedi?
    Or vo' che sappi, innançi che più andi,

34 ch' ei non peccaro; et s' elli hanno mercedi,
    non basta, perchè non ebber battesmo,
    ch' è parte de la fede che tu credi:

37 Et se furon dinançi al Cristianesmo,
    non adorâr debitamente a Dio:
    et di questi cotai son io medesmo.

40 Per tai difetti et non per altro rio,
    semo perduti et sol di tanto offesi,
    che sança speme vivemo in disio.»

43 Gran duol mi prese al cor quando lo intesi,
    però che gente di molto valore
    conobbi che in quel Limbo eran sospesi.

46 «Dimmi, maestro mio, dimmi, signore,»
    comincia' io, per voler esser certo
    di quella fede che vince ogni errore;

49 «Uscicci mai alcuno, o per suo merto,
    o per altrui, che poi fosse beato?»
    Et quei, che intese il mio parlar coperto,

52 rispuose: «Io era nuovo in questo stato,
quandi ci vidi venire un Possente
con segno di vittoria coronato.

55 Trasseci l' ombra del primo parente,
d' Abel suo figlio et quella di Noè,
di Moisè legista et ubbidiente;

58 Abraàm patriarca et David re,
Israel con lo padre et co' suoi nati,
et con Rachele, per cui tanto fe',

61 et altri molti; et feceli beati:
et vo' che sappi che, dinançi ad essi,
spiriti umani non eran salvati.»

64 Non lasciavam l' andar per ch' ei dicessi,
ma passavam la selva tuttavia,
la selva, dico, di spiriti spessi.

67 Non era lunga ancor la nostra via
di qua dal sonno, quand' io vidi un foco
ch' emisperio di tenebre vincìa.

70 Di lungi v' eravamo ancora un poco,
ma non sì ch' io non discernessi in parte
che orrevol gente possedea quel loco.

73 «O tu che onori et sciença et arte,
questi chi son, c' hanno cotanta onrança,
che dal modo de li altri li diparte?»

76 Et quelli a me: «L' onrata nominança,
che di lor suona su ne la tua vita,
gratia acquista nel ciel che sì li avança.»

79 Intanto voce fu per me udita:
«Onorate l' altissimo poeta;
l'ombra sua torna ch' era dipartita.»

18

82
  Poi che la voce fu restata et cheta,
    vidi quattro grand' ombre a noi venire;
    sembiança avevan nè trista nè lieta.
85
  Lo buon maestro cominciò a dire:
    «Mira colui con quella spada in mano,
    che vien dinançi a' tre sì come sire.
88
  Quelli è Omero poeta sovrano,
    l' altro è Oratio satiro che viene,
    Ovidio è il terço et l' ultimo Lucano.
91
  Però che ciascun meco si conviene
    nel nome che sonò la voce sola,
    fannomi onore et di ciò fanno bene.»
94
  Così vidi adunar la bella scola
    di quel signor de l' altissimo canto,
    che sovra li altri com' aquila vola.
97
  Da ch' ebber ragionato insieme alquanto,
    volsersi a me con salutevol cenno;
    e 'l mio maestro sorrise di tanto:
100
  et più d' onore ancora assai mi fenno,
    ch' essi mi fecer de la loro schiera,
    sì ch' io fui sesto tra cotanto senno.
103
  Così n' andammo infino a la lumiera,
    parlando cose che 'l tacere è bello,
    sì com' era 'l parlar colà dov' era.
106
  Giugnemmo al piè d' un nobile castello,
    sette volte cerchiato d' alte mura,
    difeso intorno d' un bel fiumicello.
109
  Questo passammo come terra dura:
    per sette porte intrai con questi savi;
    venimmo in prato di fresca verdura.

112 Genti v' eran con occhi tardi et gravi,
di grande autorità ne' lor sembianti;
parlavan rado, con voci soavi.

115 Traemmoci così da l' un de' canti
in loco aperto, luminoso et alto,
sì che veder si potean tutti quanti.

118 Colà diritto sopra il verde smalto
mi fur mostrati li spiriti magni,
che del vederli in me stesso n' esalto.

121 Io vidi Elettra con molti compagni,
tra' quai conobbi Ettore et Enea,
Cesare armato con li occhi grifagni.

124 Vidi Cammilla et la Pentesilea,
da l' altra parte vidi il re Latino,
che con Lavinia sua figlia sedea.

127 Vidi quel Bruto che cacciò Tarquino,
Lucretia, Julia, Martia et Corniglia,
et solo in parte vidi il Saladino.

130 Poi che inalçai un poco più le ciglia,
vidi il maestro di color che sanno
seder tra filosofica famiglia.

133 Tutti lo miran, tutti onor li fanno:
quivi vid' io Socrate et Platone,
che innançi a li altri più presso li stanno.

136 Democrito, che il mondo a caso pone,
Diogenes, Anassagora et Tale,
Empedocles, Eraclito et Çenone;

139 et vidi il buono accoglitor del quale,
Dioscoride dico; et vidi Orfeo,
Tullio et Lino et Seneca morale:

142   Euclide geomètra et Tolommeo,
        Ippocrate, Avicenna et Galieno,
        Averrois, che il gran comento feo.
145   Io non posso ritrar di tutti appieno;
        però che sì mi caccia il lungo tema,
        che molte volte al fatto il dir vien meno.
148   La sesta compagnia in due si scema:
        per altra via mi mena il savio duca,
        fuor de la queta ne l' aura che trema;
151   et vegno in parte ove non è che luca.

Canto quinto, nel quale mostra del secondo cerchio d'Inferno et tratta de la pena del viçio de la luxuria ne la persona di più famosi gentili uomini.

CANTO QUINTO

Così discesi del cerchio primaio
giù nel secondo, che men loco cinghia,
et tanto più dolor, che pugne a guaio.

4   Stavvi Minos orribilmente et ringhia;
esamina le colpe ne l' entrata,
giudica et manda secondo che avvinghia.

7   Dico che quando l' anima mal nata
li vien dinançi, tutta si confessa;
et quel conoscitor de le peccata

10   vede qual loco d'Inferno è da essa:
cignesi con la coda tante volte
quantunque gradi vuol che giù sia messa.

13   Sempre dinançi a lui ne stanno molte:
vanno a vicenda ciascuna al giudiçio;
dicono et odono, et poi son giù vòlte.

16   «O tu che vieni al doloroso ospiçio,»
disse Minos a me, quando mi vide,
lasciando l' atto di cotanto offiçio,

19   «Guarda com' entri et di cui tu ti fide:
non t' inganni l' ampieçça de l' entrare!»
E il duca mio a lui:«Perchè pur gride?

22

22 Non impedir lo suo fatale andare:
   vuolsi così colà, dove si puote
   ciò che si vuole, et più non dimandare.»

25 Ora incomincian le dolenti note
   a farmisi sentire; or son venuto
   là dove molto pianto mi percuote.

28 Io venni in loco d' ogni luce muto,
   che mugghia come fa mar per tempesta,
   se da contrari venti è combattuto.

31 La bufera infernal, che mai non resta,
   mena li spirti con la sua rapina,
   voltando et percotendo li molesta.

34 Quando giungon davanti a la ruina,
   quivi le strida, il compianto, il lamento;
   bestemmian quivi la virtù divina.

37 Intesi che a così fatto tormento
   enno dannati i peccator carnali,
   che la ragion sommettono al talento.

40 Et come li stornei ne portan l' ali
   nel freddo tempo, a schiera lunga et piena,
   così quel fiato li spiriti mali.

43 Di qua, di là, di giù, di su li mena;
   nulla sperança li conforta mai,
   non che di posa, ma di minor pena.

46 Et come i gru van cantando lor lai,
   facendo in aere di sè lunga riga;
   così vid' io venir, traendo guai,

49 ombre portate da la detta briga:
   per ch' io dissi: «Maestro, chi son quelle
   genti che l' aura nera sì gastiga?»

52   «La prima di color, di cui novelle
       tu vuoi saper», mi disse questi allotta,
      «fu imperadrice di molte favelle.

55   A vizio di lussuria fu sì rotta,
      che libito fe' licito in sua legge
      per tôrre il biasmo in che era condotta.

58   Ell' è Semiramis, di cui si legge
      che succedette a Nino et fu sua sposa;
      tenne la terra che il Soldan corregge.

61   L' altra è colei che s' ancise amorosa,
      et ruppe fede al cener di Sicheo;
      poi è Cleopatras lussuriosa.

64   Elena vedi, per cui tanto reo
      tempo si volse et vedi il grande Achille,
      che con amore al fine combatteo.

67   Vedi Paris, Tristano;» et più di mille
      ombre mostrommi et nominommi a dito,
      che amor di nostra vita dipartille.

70   Poscia ch' io ebbi il mio dottore udito
      nomar le donne antiche et cavalieri,
      pietà mi giunse et fui quasi smarrito.

73   Io cominciai: «Maestro, volentieri
      parlerei a que' due che insieme vanno,
      et paion sì al vento esser leggieri.»

76   Et egli a me: «Vedrai, quando saranno
      più presso a noi; et tu allor li prega
      per quell' amor che i mena; et quei verranno.»

79   Sì tosto come il vento a noi li piega,
      mossi la voce: «O anime affannate,
      venite a noi parlar, s' altri nol niega.»

82 Quali colombe dal disio chiamate,
    con l' ali alçate et ferme, al dolce nido
    vegnon per l' aere dal voler portate;
85 cotali uscir de la schiera ov' è Dido,
    a noi venendo per l' aere maligno,
    sì forte fu l' affettuoso grido.
88 «O animal graçioso et benigno,
    che visitando vai per l' aere perso
    noi che tingemmo il mondo di sanguigno;
91 se fosse amico il re de l' universo,
    noi pregheremmo lui de la tua pace,
    poi che hai pietà del nostro mal perverso.
94 Di quel che udire et che parlar vi piace
    noi udiremo et parleremo a vui,
    mentre che il vento, come fa, si tace.
97 Siede la terra dove nata fui,
    su la marina dove il Po discende
    per aver pace co' seguaci sui.
100 Amor, che al cor gentil ratto s' apprende,
    prese costui de la bella persona
    che mi fu tolta, e 'l modo ancor m' offende.
103 Amor, che a nullo amato amar perdona,
    mi prese del costui piacer sì forte,
    che, come vedi, ancor non m' abbandona.
106 Amor condusse noi ad una morte:
    Caina attende chi vita ci spense».
    Queste parole da lor ci fur porte.
109 Da che io intesi quelle anime offense,
    chinai 'l viso, et tanto il tenni basso,
    fin che il poeta mi disse: «Che pense?»

112 Quando rispuosi, cominciai: «O lasso,
quanti dolci pensier, quanto disio
menò costoro al doloroso passo!»

115 Poi mi rivolsi a loro et parla' io,
et cominciai: «Francesca, i tuoi martìri
a lagrimar mi fanno tristo et pio.

118 Ma dimmi: al tempo de' dolci sospiri,
a che et come concedette amore,
che conoscesti i dubbiosi disiri?»

121 Et ella a me: «Nessun maggior dolore,
che ricordarsi del tempo felice
ne la miseria: et ciò sa il tuo dottore.

124 Ma se a conoscer la prima radice
del nostro amor tu hai cotanto affetto,
farò come colui che piange et dice.

127 Noi leggevamo un giorno per diletto
di Lancelotto, come amor lo strinse:
soli eravamo et sança alcun sospetto.

130 Per più fiate li occhi ci sospinse
quella lettura et scolorocci il viso:
ma solo un punto fu quel che ci vinse.

133 Quando leggemmo il disiato riso
esser basciato da cotanto amante,
questi, che mai da me non fia diviso,

136 la bocca mi basciò tutto tremante:
Galeotto fu il libro et chi lo scrisse:
quel giorno più non vi leggemmo avante.»

139 Mentre che l' uno spirito questo disse,
l'altro piangeva sì, che di pietade
io venni men così com' io morisse;

142 et caddi come corpo morto cade.

CANTO SESTO

Al tornar de la mente, che si chiuse
    dinançi a la pietà de' due cognati,
    che di tristitia tutto mi confuse,

4   nuovi tormenti et nuovi tormentati
    mi veggio intorno, come ch'io mi mova,
    et ch'io mi volva et come ch'io mi guati.

7   Io sono al terço cerchio de la piova
    eterna, maledetta, fredda et greve:
    regola et qualità mai non l'è nuova.

10   Grandine grossa et acqua tinta et neve
    per l'aere tenebroso si riversa:
    pute la terra che questo riceve.

13   Cerbero, fiera crudele et diversa,
    con tre gole caninamente latra
    sopra la gente che quivi è sommersa.

16   Li occhi ha vermigli, la barba unta et atra,
    e 'l ventre largo et unghiate le mani;
    graffia li spiriti, ingoia et isquatra.

19   Urlar li fa la pioggia come cani:
    de l'un de' lati fanno a l'altro schermo;
    volgonsi spesso i miseri profani.

22   Quando ci scorse Cerbero, il gran vermo,
     le bocche aperse et mostrocci le sanne:
     non avea membro che tenesse fermo.

25   Lo duca mio distese le sue spanne;
     prese la terra et con piene le pugna
     la gittò dentro a le bramose canne.

28   Qual è quel cane che abbaiando agugna,
     et si racqueta poi che il pasto morde,
     che solo a divorarlo intende et pugna;

31   cotai si fecer quelle facce lorde
     de lo demonio Cerbero, che introna
     l' anime sì, ch' esser vorrebber sorde.

34   Noi passavam su per l' ombre che adona
     la greve pioggia et ponevam le piante
     sopra lor vanità che par persona.

37   Elle giacean per terra tutte quante,
     fuor ch' una che a seder si levò, ratto
     ch' ella ci vide passarsi davante.

40   «O tu che se' per questo Inferno tratto,»
     mi disse, «riconoscimi, se sai:
     tu fosti, prima ch' io disfatto, fatto.»

43   Et io a lei: «L' angoscia che tu hai
     forse ti tira fuor de la mia mente,
     sì che non par ch' io ti vedessi mai.

46   Ma dimmi chi tu se', che in sì dolente
     loco se' messa e a sì fatta pena
     che, s' altra è maggio, nulla è sì spiacente».

49   Et egli a me: «La tua città, ch' è piena
     d' invidia sì che già trabocca il sacco,
     seco mi tenne in la vita serena.

52 Voi, cittadini, mi chiamaste Ciacco:
    per la dannosa colpa de la gola,
    come tu vedi, a la pioggia mi fiacco.

55 Et io anima trista non son sola,
    chè tutte queste a simil pena stanno
    per simil colpa;» et più non fe' parola.

58 Io li rispuosi: «Ciacco, il tuo affanno
    mi pesa sì che a lagrimar m' invita;
    ma dimmi, se tu sai, a che verranno

61 li cittadin de la città partita?
        s' alcun v' è giusto; et dimmi la cagione
    per che l' ha tanta discordia assalita.»

64 Et elli a me: «Dopo lunga tençone
    verranno al sangue et la parte selvaggia
    caccerà l' altra con molta offensione.

67 Poi appresso convien che questa caggia
    infra tre soli et che l' altra sormonti
    con la força di tal che testè piaggia.

70 Alte terrà lungo tempo le fronti,
    tenendo l' altra sotto gravi pesi,
    come che di ciò pianga, o che ne adonti.

73 Giusti son due, ma non vi sono intesi:
    superbia, invidia et avariçia sono
    le tre faville c' hanno i cori accesi.»

76 Qui puose fine al lagrimabil suono.
        Et io a lui: «Ancor vo' che m' insegni,
    et che di più parlar mi facci dono.

79 Farinata et Tegghiaio, che fur sì degni,
    Jacopo Rusticucci, Arrigo e 'l Mosca,
    et li altri che a ben far puoser l' ingegni,

82   dimmi ove sono et fa' ch' io li conosca;
     chè gran disio mi stringe di savere,
     se il ciel li addolcia o lo inferno li attosca.»

85   Et quelli: «Ei son tra le anime più nere;
     diversa colpa giù li grava al fondo:
     se tanto scendi, li potrai vedere.

88   Ma quando tu sarai nel dolce mondo,
     priegoti che a la mente altrui mi rechi:
     più non ti dico et più non ti rispondo.»

91   Li diritti occhi torse allora in biechi;
     guardommi un poco et poi chinò la testa:
     cadde con essa a par de li altri ciechi.

94   E 'l duca disse a me: «Più non si desta
     di qua dal suon de l' angelica tromba;
     quando verrà la nimica podesta,

97   ciascun ritroverà la trista tomba,
     ripiglierà sua carne et sua figura,
     udirà quel che in eterno rimbomba.»

100   Sì trapassammo per soçça mistura
     de l' ombre et de la pioggia a passi lenti,
     toccando un poco la vita futura.

103   Per ch' io dissi: «Maestro, esti tormenti
     cresceranno ei dopo la gran sentença,
     o fien minori, o saran sì cocenti?»

106   Et egli a me: «Ritorna a tua sciença,
     che vuol, quanto la cosa è più perfetta,
     più senta il bene et così la dolliença.

109   Tutto che questa gente maledetta
     in vera perfetion già mai non vada,
     di là, più che di qua, essere aspetta.»

112   Noi aggirammo a tondo quella strada,
     parlando più assai ch' io non ridico;
     venimmo al punto dove si digrada:
115   quivi trovammo Pluto il gran nimico.

CANTO SETTIMO

«Pape Satan, pape Satan aleppe,»
    cominciò Pluto con la voce chioccia;
    et quel savio gentil, che tutto seppe,

4   disse per confortarmi: «Non ti noccia
    la tua paura, chè, poder ch' elli abbia,
    non ci torrà lo scender questa roccia.»

7   Poi si rivolse a quell' enfiata labbia,
    et disse: «Taci, maledetto lupo:
    consuma dentro te con la tua rabbia.

10   Non è sança cagion l' andare al cupo:
    vuolsi ne l' alto là dove Michele
    fe' la vendetta del superbo strupo.»

13   Quali dal vento le gonfiate vele
    caggiono avvolte, poi che l' alber fiacca;
    tal cadde a terra la fiera crudele.

16   Così scendemmo ne la quarta lacca,
    pigliando più de la dolente ripa,
    che il mal de l' universo tutto insacca.

19   Ahi giustitia di Dio! tante chi stipa
    nuove travaglie et pene, quante io viddi?
    et perchè nostra colpa sì ne scipa?

22 Come fa l' onda là sovra Cariddi,
    che si frange con quella in cui s' intoppa,
    così convien che qui la gente riddi.

25 Qui vid' io gente più che altrove troppa,
    et d' una parte et d' altra, con grand' urli
    voltando pesi per força di poppa.

28 Percotevansi incontro, et poscia pur li
    si rivolgea ciascun, voltando a retro,
    gridando: «Perchè tieni,» et «Perchè burli?»

31 Così tornavan per lo cerchio tetro,
    da ogni mano a l' opposito punto,
    gridandosi anche loro ontoso metro;

34 poi si volgea ciascun, quando era giunto
    per lo suo meçço cerchio a l' altra giostra.
    Et io che avea lo cor quasi compunto,

37 dissi: «Maestro mio, or mi dimostra
    che gente è questa, et se tutti fur cherci
    questi chercuti a la sinistra nostra.»

40 Et egli a me: «Tutti quanti fur guerci
    sì de la mente in la vita primaia,
    che con misura nullo spendio ferci.

43 Assai la voce lor chiaro l' abbaia,
    quando vegnon a' due punti del cerchio,
    ove colpa contraria li dispaia.

46 Questi fur cherci, che non han coperchio
    piloso al capo, et Papi et Cardinali,
    in cui usa avariçia il suo soperchio.»

49 Et io: «Maestro, tra questi cotali
    dovre' io ben riconoscere alcuni
    che furo immondi di cotesti mali.»

52   Et egli a me: «Vano pensiero aduni:
        la sconoscente vita che i fe' soççi,
        ad ogni conoscença or li fa bruni.

55   In eterno verranno a li due coççi;
        questi risurgeranno del sepulcro
        col pugno chiuso, et questi co' crin moççi.

58   Mal dare et mal tener lo mondo pulcro
        ha tolto loro, et posti a questa çuffa:
        qual ella sia, parole non ci appulcro.

61   Or puoi veder, figliuol, la corta buffa,
        de' ben, che son commessi a la Fortuna,
        per che l'umana gente si rabbuffa;

64   chè tutto l' oro ch' è sotto la luna,
        et che già fu, di queste anime stanche
        non poterebbe farne posar una.»

67   «Maestro,» diss' io lui, «or mi di' anche:
        questa Fortuna di che tu mi tocche,
        che è, che i ben del mondo ha sì tra branche?»

70   Et egli a me: «O creature sciocche,
        quanta ignorança è quella che vi offende!
        or vo' che tu mia sentença ne imbocche.

73   Colui lo cui saver tutto trascende,
        fece li cieli, et diè lor chi conduce,
        sì che ogni parte ad ogni parte splende,

76   distribuendo egualmente la luce:
        similemente a li splendor mondani
        ordinò general ministra et duce,

79   che permutasse a tempo li ben vani,
        di gente in gente e d' uno in altro sangue,
        oltre la difension de' senni umani:

82   per che una gente impera et l' altra langue,
       seguendo lo giudicio di costei,
       che è occulto, come in erba l' angue.

85   Vostro saver non ha contrasto a lei:
       questa provvede, giudica et persegue
       suo regno, come il loro li altri Dei.

88   Le sue permutation non hanno triegue:
       necessità la fa esser veloce,
       sì spesso vien chi vicenda consegue.

91   Quest' è colei ch' è tanto posta in croce
       pur da color che le dovrian dar lode,
       dandole biasmo a torto et mala voce.

94   Ma ella s' è beata, et ciò non ode:
       con l' altre prime creature lieta
       volve sua spera, et beata si gode.

97   Or discendiamo omai a maggior pièta:
       già ogni stella cade che saliva
       quando mi mossi, e 'l troppo star si vieta.»

100   Noi ricidemmo il cerchio a l' altra riva
       sovra una fonte, che bolle et riversa
       per un fossato che da lei deriva.

103   L' acqua era buia assai più che persa:
       et noi, in compagnia de l' onde bige,
       entrammo giù per una via diversa.

106   Una palude fa, che ha nome Stige,
       questo tristo ruscel, quando è disceso
       al piè de le maligne piaggie grige.

109   Et io, che di mirar mi stava inteso,
       vidi genti fangose in quel pantano,
       ignude tutte et con sembiante offeso.

112 Questi si percotean non pur con mano
ma con la testa, col petto et co' piedi,
troncandosi coi denti a brano a brano.

115 Lo buon maestro disse: «Figlio, or vedi
l' anime di color cui vinse l' ira:
et anche vo' che tu per certo credi,

118 che sotto l' acqua ha gente che sospira,
et fanno pullular quest' acqua al summo,
come l' occhio ti dice, u' che s' aggira.

121 Fitti nel limo dicon: «Tristi fummo
ne l' aere dolce che dal sol s' allegra,
portando dentro accidioso fummo:

124 or ci attristiam ne la belletta negra.
Quest' inno si gorgoglian ne la stroçça,
che dir nol posson con parola integra.»

127 Così girammo de la lorda poçça
grand' arco tra la ripa secca e il meçço,
con li occhi volti a chi del fango ingoçça:

130 venimmo al piè d' una torre al dasseçço.

Canto ottavo, dove tratta del quinto cerchio d'Inferno et alquanto del sesto et de la pena del peccato de l'ira, massimamente in persona d'uno cavaliere fiorentino, chiamato Messer Filippo Argenti et qui tratta del dimonio Flegias et de la palude di Stige et il pervenire a la città d'Inferno detta Dite.

CANTO OTTAVO

Io dico seguitando, ch' assai prima
 che noi fossimo al piè de l' alta torre,
 li occhi nostri n' andâr suso a la cima,

4 per due fiammette che i' vedemmo porre,
 et un' altra da lungi render cenno
 tanto, ch' a pena il potea l' occhio tôrre.

7 Et io mi volsi al mar di tutto il senno;
 dissi: «Questo che dice? et che risponde
 quell'altro foco? et chi son quei che il fenno?»

10 Et egli a me: «Su per le sucide onde
 già scorgere puoi quello che s' aspetta,
 se il fummo del pantan nol ti nasconde.»

13 Corda non pinse mai da sè saetta,
 che sì corresse via per l' aere snella,
 com' io vidi una nave piccioletta

16 venir per l' acqua verso noi in quella,
 sotto il governo d' un sol galeoto,
 che gridava: «Or se' giunta, anima fella?»

37

19 «Flegiàs, Flegiàs, tu gridi a voto,»
disse lo mio signore, «a questa volta:
più non ci avrai, che sol passando il loto.»

22 Quale colui che grande inganno ascolta
che gli sia fatto et poi se ne rammarca,
fecesi Flegiàs ne l' ira accolta.

25 Lo duca mio discese ne la barca,
et poi mi fece entrare appresso lui,
et sol quand' io fui dentro parve carca.

28 Tosto che il duca et io nel legno fui,
secando se ne va l' antica prora
de l' acqua più che non suol con altrui.

31 Mentre noi corravam la morta gora,
dinançi mi si fece un pien di fango,
et disse: «Chi se' tu che vieni ançi ora?»

34 Et io a lui: «S' io vegno, non rimango;
ma tu chi se', che sì sei fatto brutto?»
Rispuose: «Vedi che son un che piango.»

37 Et io a lui: «Con piangere et con lutto,
spirito maledetto, ti rimani:
ch' io ti conosco, ancor sie lordo tutto.»

40 Allora stese al legno ambo le mani:
per che il maestro accorto lo sospinse,
dicendo: «Via costà non li altri cani.»

43 Lo collo poi con le braccia mi cinse,
basciommi il volto, et disse: «Alma sdegnosa,
benedetta colei che in te s' incinse!

46 Quei fu al mondo persona orgogliosa;
bontà non è che sua memoria fregi:
così s' è l' ombra sua qui furiosa.

49   Quanti si tengon or lassù gran regì,
        che qui staranno come porci in brago,
        di sè lasciando orribili dispregi!»

52   Et io: «Maestro, molto sarei vago
        di vederlo attuffare in questa broda,
        prima che noi uscissimo del lago.»

55   Et egli a me: «Avanti che la proda
        ti si lasci veder, tu sarai saçio:
        di tal disio converrà che tu goda.»

58   Dopo ciò poco vidi quello straçio
        far di costui a le fangose genti,
        che Dio ancor ne lodo et ne ringraçio.

61   Tutti gridavano: «A Filippo Argenti!»
        e 'l fiorentino spirito biççarro
        in sè medesmo si volvea co' denti.

64   Quivi il lasciammo, chè più non ne narro;
        ma ne le orecchie mi percosse un duolo,
        per ch' io avanti intento l' occhio sbarro.

67   Lo buon maestro disse: «Omai, figliuolo,
        s' appressa la città che ha nome Dite,
        co' gravi cittadin, col grande stuolo.»

70   Et io: «Maestro, già le sue meschite
        là entro certo ne la valle cerno
        vermiglie, come se di foco uscite

73   fossero.» Et ei mi disse: «Il foco eterno
        ch' entro l' affoca, le dimostra rosse,
        come tu vedi in questo basso Inferno.»

76   Noi pur giugnemmo dentro a l' alte fosse,
        che vallan quella terra sconsolata:
        le mura mi parean che ferro fosse.

79 Non sança prima far grande aggirata,
     venimmo in parte dove il nocchier forte
     «Uscite,» ci gridò, «qui è l' entrata.»

82 I' vidi più di mille in su le porte
     da' ciel piovuti, che stiçcosamente
     dicean: «Chi è costui, che sança morte

85 va per lo regno de la morta gente?»
     E 'l savio mio maestro fece segno
     di voler lor parlar segretamente.

88 Allor chiusero un poco il gran disdegno,
     et disser: «Vien tu solo, et quei sen vada,
     che sì ardito entrò per questo regno.

91 Sol si ritorni per la folle strada:
     pruovi se sa; chè tu qui rimarrai
     che gli hai scorta sì buia contrada.»

94 Pensa, lettor, se io mi sconfortai
     nel suon de le parole maledette;
     ch' io non credetti ritornarci mai.

97 «O caro duca mio, che più di sette
     volte m' hai securtà renduta, et tratto
     d' alto periglio che incontro mi stette,

100 non mi lasciar,» diss' io, «così disfatto;
     et se 'l passar più oltre c' è negato,
     ritroviam l' orme nostre insieme ratto.»

103 Et quel signor che lì m' avea menato
     mi disse: «Non temer, chè il nostro passo
     non ci può tôrre alcun: da tal n' è dato.

106 Ma qui m' attendi, et lo spirito lasso
     conforta et ciba di sperança buona,
     ch' io non ti lascerò nel mondo basso.»

109 Così sen va et quivi m' abbandona
    lo dolce padre, et io rimango in forse;
    che 'l sì e 'l no nel capo mi tençona.

112 Udir non pote' quello ch' a lor porse;
    ma ei non stette là con essi guari,
    che ciascun dentro a pruova si ricorse.

115 Chiuser le porte que' nostri avversari
    nel petto al mio signor, che fuor rimase
    et rivolsesi a me con passi rari.

118 Li occhi a la terra, et le ciglia avea rase
    d' ogni baldança, et dicea ne' sospiri:
    «Chi m' ha negate le dolenti case?»

121 Et a me disse: «Tu, perch' io m' adiri,
    non sbiggottir, ch' io vincerò la prova,
    qual ch' a la difension dentro s' aggiri.

124 Questa lor tracotança non è nova,
    chè già l' usaro a men segreta porta,
    la qual sança serrame ancor si trova.

127 Sopr' essa vedestù la scritta morta:
    et già di qua da lei discende l' erta,
    passando per li cerchi sança scorta,

130 tal, che per lui ne fia la terra aperta.»

Canto nono, ove dimostra il malagevole entramento al sesto cerchio d'Inferno et qui de le tre furie infernali si tratta et dichiara Virgilio a Dante una questione et rendelo sicuro dicendo sè esservi stato altra fiata.

CANTO NONO

Quel color che viltà di fuor mi pinse,
veggendo il duca mio tornare in volta,
più tosto dentro il suo nuovo restrinse.

4 Attento si fermò com' uom che ascolta;
chè l' occhio nol potea menare a lunga
per l' aere nero et per la nebbia folta.

7 «Pure a noi converrà vincer la punga,»
cominciò el: «se non...tal ne s' offerse:
oh quanto tarda a me ch' altri qui giunga!»

10 I' vidi ben, sì com' ei ricoperse
lo cominciar con l' altro che poi venne,
che fur parole a le prime diverse.

13 Ma non di men paura il suo dir dienne,
perch' io traeva la parola tronca
forse a peggior sentença ch' ei non tenne.

16 «In questo fondo de la trista conca
discende mai alcun del primo grado,
che sol per pena ha la sperança cionca?»

19 Questa question fec' io; et quei: «Di rado
incontra,» mi rispuose, «che di nui
faccia il cammino alcun per quale io vado.

42

22   Ver è ch' altra fiata qua giù fui,
        congiurato da quella Eriton cruda
        che richiamava l' ombre a' corpi sui.
25   Di poco era di me la carne nuda,
        ch' ella mi fece entrar dentro a quel muro
        per trarne un spirto del cerchio di Giuda.
28   Quell' è il più basso loco e 'l più oscuro,
        e 'l più lontan dal ciel che tutto gira:
        ben so il cammin: però ti fa' sicuro.
31   Questa palude che il gran puçço spira,
        cinge d' intorno la città dolente,
        u' non potemo entrare omai sanç' ira.»
34   Et altro disse, ma non l' ho a mente;
        però che l' occhio m' avea tutto tratto
        vêr l' alta torre a la cima rovente,
37   dove in un punto furon dritte ratto
        tre furie infernal di sangue tinte,
        che membra femminili aveano et atto,
40   et con idre verdissime eran cinte;
        serpentelli ceraste avean per crine
        onde le fiere tempie eran avvinte.
43   Et quei che ben conobbe le meschine
        de la regina de l' eterno pianto:
        «Guarda,» mi disse, «le feroci Erine.
46   Questa è Megera dal sinistro canto;
        quella che piange dal destro è Aletto:
        Tesifone è nel meçço;» et tacque a tanto.
49   Con l' unghie si fendea ciascuna il petto;
        batteansi a palme et gridavan sì alto
        ch' io mi strinsi al poeta per sospetto.

52 «Vegna Medusa; sì 'l farem di smalto,»
    dicevan tutte riguardando in giuso:
    «mal non vengiammo in Teseo l' assalto.»

55 «Volgiti indietro et tien 'l viso chiuso;
    chè se 'l Gorgon si mostra et tu il vedessi,
    nulla sarebbe di tornar mai suso.»

58 Così disse il maestro; et elli stessi
    mi volse, et non si tenne a le mie mani,
    che con le sue ancor non mi chiudessi.

61 O voi che avete l' intelletti sani,
    mirate la dottrina che s' asconde
    sotto il velame de li versi strani!

64 Et già venìa su per le torbide onde
    un fracasso d' un suon pien di spavento,
    per cui tremavano ambedue le sponde;

67 non altrimenti fatto che d' un vento
    impetuoso per li avversi ardori,
    che fier la selva, et sança alcun rattento

70 li rami schianta, abbatte et porta fuori;
    dinançi polveroso va superbo,
    et fa fuggir le fiere et li pastori.

73 Li occhi mi sciolse et disse: «Or driçça il nerbo
    del viso su per quella schiuma antica,
    per indi ove quel fummo è più acerbo.»

76 Come le rane innançi a la nimica
    biscia per l' acqua si dileguan tutte,
    fin che a la terra ciascuna s' abbica;

79 vid' io più di mille anime distrutte
    fuggir così dinançi ad un, che al passo
    passava Stige con le piante asciutte.

82   Dal volto rimovea quell' aere grasso,
        menando la sinistra innançi spesso;
        et sol di quell' angoscia parea lasso.

85   Ben m' accors' io ch' egli era del ciel messo,
        et volsimi al maestro; et quei fe' segno,
        ch' io stessi cheto et inchinassi ad esso.

88   Ahi quanto mi parea pien di disdegno!
        venne a la porta, et con una verghetta
        l' aperse, che non v' ebbe alcun ritegno.

91   «O cacciati del ciel, gente dispetta,»
        cominciò elli in su l' orribil soglia,
        «ond' esta oltracotança in voi s' alletta?

94   Perchè ricalcitrate a quella voglia,
        a cui non puote il fin mai esser moçço,
        et che più volte v' ha cresciuta doglia?

97   Che giova ne le fata dar di coçço?
        Cerbero vostro, se ben vi ricorda,
        ne porta ancor pelato il mento e 'l goçço.»

100   Poi si rivolse per la strada lorda,
        et non fe' motto a noi; ma fe' sembiante
        d' uomo cui altra cura stringa et morda,

103   che quella di colui che gli è davante;
        et noi movemmo i piedi in ver la terra,
        sicuri appresso le parole sante.

106   Dentro v' entrammo sança alcuna guerra;
        et io, ch' avea di riguardar disio
        la condiçion che tal forteçça serra,

109   com' io fui dentro, l' occhio intorno invio;
        et veggio ad ogni man grande campagna
        piena di duolo et di tormento rio.

112 Sì come ad Arli, ove Rodano stagna,
 sì come a Pola presso del Quarnaro,
 che Italia chiude et suoi termini bagna,

115 fanno i sepolcri tutto il loco varo;
 così facevan quivi d' ogni parte,
 salvo che il modo v' era più amaro;

118 chè tra li avelli fiamme erano sparte,
 per le quali eran sì del tutto accesi
 che ferro più non chiede verun' arte.

121 Tutti li lor coperchi eran sospesi,
 et fuor n' uscivan sì duri lamenti,
 che ben parean di miseri et d' offesi.

124 Et io: «Maestro, quai son quelle genti
 che, seppellite dentro da quell' arche,
 si fan sentir con li sospir dolenti?»

127 Et egli a me: «Qui son li eresiarche
 co' lor seguaci d' ogni setta, et molto
 più che non credi, son le tombe carche.

130 Simile qui con simile è sepolto,
 e i monimenti son più et men caldi.»
 Et poi ch' a la man destra si fu volto,

133 passammo tra i martiri et li alti spaldi.

CANTO DECIMO

Ora sen va per un secreto calle
tra il muro de la terra et li martiri
lo mio maestro, et io dopo le spalle.

4 «O virtù somma, che per li empi giri
mi volvi,» cominciai, «come a te piace
parlami et satisfammi a' miei disiri.

7 La gente che per li sepolcri giace
potrebbesi veder? già son levati
tutti i coperchi, et nessun guardia face.»

10 Et quelli a me: «Tutti saran serrati,
quando di Josaffàt qui torneranno
coi corpi che lassù hanno lasciati.

13 Suo cimitero da questa parte hanno
con Epicuro tutti i suoi seguaci,
che l' anima col corpo morta fanno.

16 Però a la dimanda che mi faci
quinc' entro satisfatto sarà tosto,
et al disio ancor che tu mi taci.»

19 Et io: «Buon duca, non tegno riposto
a te mio cor, se non per dicer poco;
et tu m' hai non pur mo a ciò disposto.»

47

22 «O Tosco che per la città del foco
vivo ten vai così parlando onesto,
piacciati di restare in questo loco.

25 La tua loquela ti fa manifesto
di quella nobil patria natio,
a la qual forse fui troppo molesto.»

28 Subitamente questo suono uscio
d' una de l' arche; però m' accostai,
temendo, un poco più al duca mio.

31 Et el mi disse: «Volgiti: che fai?
vedi là Farinata che s' è dritto:
da la cintola in su tutto il vedrai.»

34 I' avea già il mio viso nel suo fitto;
et el s' ergea col petto et con la fronte,
come avesse lo Inferno in gran dispitto.

37 Et l' animose man del duca et pronte
mi pinser tra le sepulture a lui,
dicendo: «Le parole tue sien conte.»

40 Com' io al piè de la sua tomba fui,
guardommi un poco, et poi quasi sdegnoso
mi dimandò: «Chi fur li maggior tui?»

43 Io, ch' era d' ubbidir desideroso,
non li celai, ma tutti gliel' apersi:
ond' ei levò le ciglia un poco in soso;

46 poi disse: «Fieramente furo avversi
a me et a' miei primi et a mia parte,
sì che per due fiate li dispersi.»

49 «Se fur cacciati, ei tornâr d' ogni parte,»
rispuosi lui, «l' una et l' altra fiata;
ma i vostri non appreser ben quell' arte.»

52 Allor surse a la vista scoperchiata
   un' ombra lungo questa infino al mento:
   credo che s' era in ginocchie levata.

55 D' intorno mi guardò, come talento
   avesse di veder s' altri era meco;
   ma poi che il sospicciar fu tutto spento,

58 piangendo disse: «Se per questo cieco
   carcere vai per alteçça d' ingegno,
   mio figlio ov'è, et perchè non è teco?»

61 Et io a lui: «Da me stesso non vegno:
   colui che attende là, per qui mi mena,
   forse cui Guido vostro ebbe a disdegno.»

64 Le sue parole e 'l modo de la pena
   m' avevan di costui già letto il nome;
   però fu la risposta così piena.

67 Di subito driççato gridò: «Come
   dicesti: egli ebbe? non viv' egli ancora?
   non fiere li occhi suoi lo dolce lome?»

70 Quando s' accorse d' alcuna dimora
   ch' io faceva dinançi a la risposta,
   supin ricadde, et più non parve fuora.

73 Ma quell' altro magnanimo, a cui posta
   restato m' era, non mutò aspetto,
   nè mosse collo, nè piegò sua costa.

76 «Et se,» continuando al primo detto,
   «s' elli han quell' arte,» disse, «male appresa,
   ciò mi tormenta più che questo letto.

79 Ma non cinquanta volte fia raccesa
   la faccia de la donna che qui regge,
   che tu saprai quanto quell' arte pesa.

82 Et se tu mai nel dolce mondo regge,
    dimmi, perchè quel popolo è sì empio
    incontro a' miei in ciascuna sua legge?»

85 Ond' io a lui: «Lo straçio e 'l grande scempio
    che fece l' Arbia colorata in rosso,
    tale oraçion fa far nel nostro tempio.»

88 Poi ch' ebbe sospirato e 'l capo scosso,
    «A ciò non fui io sol,» disse, «nè certo
    sança cagion con li altri sarei mosso;

91 ma fu' io sol colà, dove sofferto
    fu per ciascun di tôrre via Fiorença,
    colui che la difesi a viso aperto.»

94 «Deh, se riposi mai vostra semença,»
    prega' io lui, «solvetemi quel nodo,
    che qui ha inviluppata mia sentença.

97 El par che voi veggiate, se ben odo,
    dinançi quel che il tempo seco adduce,
    et nel presente tenete altro modo.»

100 «Noi veggiam, come quei che ha mala luce,
    le cose,» disse, «che ne son lontano;
    cotanto ancor ne splende il sommo Duce.

103 Quando s' appressano, o son, tutto è vano
    nostro intelletto; et s' altri non ci apporta,
    nulla sapem di vostro stato umano.

106 Però comprender puoi che tutta morta
    fia nostra conoscença da quel punto
    che del futuro fia chiusa la porta.»

109 Allor, come di mia colpa compunto,
    dissi: «Or direte dunque a quel caduto
    che 'l suo nato è co' vivi ancor congiunto.

112 Et s' io fui diançi a la risposta muto,
   fate i saper che 'l fei, perchè pensava
   già ne l' error che m' avete soluto.»

115 Et già il maestro mio mi richiamava:
   per ch' io pregai lo spirito più avaccio
   che mi dicesse chi con lui istava.

118 Dissemi: «Qui con più di mille giaccio;
   qua dentro è lo secondo Federico,
   e 'l Cardinale, et de li altri mi taccio.»

121 Indi s' ascose; et io in vêr l' antico
   poeta volsi i passi, ripensando
   a quel parlar che mi parea nimico.

124 Elli si mosse; et poi così andando,
   mi disse: «Perchè sei tu sì smarrito?»
   Et io li satisfeci al suo dimando.

127 «La mente tua conservi quel che udito
   hai contra te;» mi comandò quel saggio,
   «et ora attendi qui!» et driçcò il dito.

130 «Quando sarai dinançi al dolce raggio
   di quella il cui bell' occhio tutto vede,
   da lei saprai di tua vita il viaggio.»

133 Appresso volse a man sinistra il piede:
   lasciammo il muro, et gimmo in vêr lo meçço
   per un sentier che ad una valle fiede,

136 che infin lassù facea spiacer suo leçço.

Canto decimoprimo, nel quale tratta di tre cerchi disotto d'Inferno, et distingue de le genti che dentro vi sono punite et che quivi più che altrove et solve una questione.

CANTO DECIMOPRIMO

In su l' estremità d' un' alta ripa,
che facevan gran pietre rotte in cerchio,
venimmo sopra più crudele stipa.

4 Et quivi, per l' orribile soperchio
del puçço che il profondo abisso gitta,
ci raccostammo dietro ad un coperchio

7 d' un grande avello, ov' io vidi una scritta
che diceva: «Anastasio papa guardo,
lo qual trasse Fotin de la via dritta.»

10 «Lo nostro scender conviene esser tardo,
sì che s' ausi prima un poco il senso
al tristo fiato, et poi non fia riguardo.»

13 Così il maestro; et io: «Alcun compenso,»
dissi lui, «truova, che il tempo non passi
perduto;» et egli: «Vedi che a ciò penso.

16 Figliuol mio, dentro da cotesti sassi,»
cominciò poi a dir, «son tre cerchietti
di grado in grado, come quei che lassi.

19 Tutti son pien di spirti maledetti:
ma perchè poi ti basti pur la vista,
intendi come et perchè son costretti.

22   D' ogni maliçia ch' odio in cielo acquista,
       ingiuria è il fine, et ogni fin cotale
       o con força o con frode altrui contrista.

25   Ma perchè frode è de l' uom proprio male,
       più spiace a Dio; et però stan di sutto
       li frodolenti, et più dolor li assale.

28   De' violenti il primo cerchio è tutto;
       ma perchè si fa força a tre persone,
       in tre gironi è distinto et costrutto.

31   A Dio, a sè, al prossimo si puone
       far força, dico in loro et in lor cose,
       come udirai con aperta ragione.

34   Morte per força et ferute dogliose
       nel prossimo si dànno, et nel suo avere
       ruine, incendi et tollette dannose;

37   onde omicide et ciascun che mal fiere,
       guastatori et predon, tutti tormenta
       lo giron primo per diverse schiere.

40   Puote uomo avere in sè man violenta
       et ne' suoi beni; et però nel secondo
       giron convien che sança pro si penta

43   qualunque priva sè del vostro mondo,
       biscaçça et fonde la sua facultade,
       et piange là dove esser dee giocondo.

46   Puossi far força ne la Deitade,
       col cor negando et bestemmiando quella,
       et spregiando natura et sua bontade;

49   et però lo minor giron suggella
       del segno suo et Sodoma et Caorsa,
       et chi, spregiando Dio, col cor favella.

52 La frode, ond' ogni cosciença è morsa,
      può l' uomo usare in colui che in lui fida,
      et in quei che fidança non imborsa.

55 Questo modo di retro par che uccida
      pur lo vinco d' amor che fa natura;
      onde nel cerchio secondo s' annida

58 ipocrisia, lusinghe et chi affattura,
      falsità, ladroneccio et simonia,
      ruffian, baratti et simile lordura.

61 Per l' altro modo quell' amor s' obblia
      che fa natura, et quel ch' è poi aggiunto,
      di che la fede speçial si cria;

64 onde nel cerchio minore, ov' è il punto
      de l' universo in su che Dite siede,
      qualunque trade in eterno è consunto.»

67 Et io: «Maestro, assai chiaro procede
      la tua ragione, et assai ben distingue
      questo baratro e 'l popol che il possiede.

70 Ma dimmi: quei de la palude pingue,
      che mena il vento, et che batte la pioggia,
      et che s' incontran con sì aspre lingue,

73 perchè non dentro da la città roggia
      son ei puniti, se Dio li ha in ira?
      et se non li ha, perchè sono a tal foggia?»

76 Et egli a me: «Perchè tanto delira,»
      disse, «lo ingegno tuo da quel che suole?
      ovver la mente dove altrove mira?

79 Non ti rimembra di quelle parole,
      con le quai la tua Etica pertratta
      le tre disposiçion che il ciel non vuole,

82 incontinença, malitia et la matta
        bestialitade? et come incontinença
        men Dio offende et men biasimo accatta?
85 Se tu riguardi ben questa sentença,
        et rechiti a la mente chi son quelli
        che su di fuor sostegnon penitença,
88 tu vedrai ben perchè da questi felli
        sien dipartiti, et perchè men crucciata
        la divina vendetta li martelli.»
91 «O sol che sani ogni vista turbata,
        tu mi contenti sì, quando tu solvi,
        che, non men che saver, dubbiar m' aggrata.
94 Ancora un poco indietro ti rivolvi,»
        diss' io, «là dove di' che usura offende
        la divina bontade, e 'l groppo svolvi.»
97 «Filosofia,» mi disse, «a chi la intende,
        nota non pure in una sola parte,
        come natura lo suo corso prende
100 dal divino intelletto et da sua arte;
        et se tu ben la tua Fisica note,
        tu troverai non dopo molte carte,
103 che l' arte vostra quella, quanto puote,
        segue, come il maestro fa il discente,
        sì che vostr' arte a Dio quasi è nipote.
106 Da queste due, se tu ti rechi a mente
        lo Genesi dal principio, conviene
        prender sua vita et avançar la gente.
109 Et perchè l' usuriere altra via tiene,
        per sè natura et per la sua seguace
        dispregia, poi che in altro pon la spene.

112 Ma seguimi oramai, chè il gir mi piace;
   chè i Pesci guiççan su per l' oriççonta,
   e il Carro tutto sovra il Coro giace,
115 e il balço vie là oltra si dismonta.»

Canto decimosecondo, dove si tratta del discendimento nel settimo cerchio d'Inferno et de le pene di quelli che fecero força in persona de' tiranni. Et qui tratta di Minotauro et del fiume del sangue et come per uno centauro furono scorti et guidati sicuri oltre il fiume.

CANTO DECIMOSECONDO

Era lo loco ove a scender la riva
    venimmo, alpestro, et per quel ch' ivi er' anco,
    tal ch' ogni vista ne sarebbe schiva.
4 Qual è quella ruina che nel fianco
    di qua da Trento l' Adice percosse,
    o per tremuoto o per sostegno manco,
7 che da cima del monte, onde si mosse,
    al piano è sì la roccia discoscesa,
    ch' alcuna via darebbe a chi su fosse;
10 cotal di quel burrato era la scesa:
    e in su la punta de la rotta lacca
    l' infamia di Creti era distesa,
13 che fu concetta ne la falsa vacca;
    et quando vide noi, sè stesso morse
    sì come quei cui l' ira dentro fiacca.
16 Lo savio mio inver lui gridò: «Forse
    tu credi che qui sia il duca d' Atene,
    che su nel mondo la morte ti porse?
19 Partiti, bestia; chè questi non viene
    ammaestrato da la tua sorella,
    ma vassi per veder le vostre pene.»

22   Qual è quel toro che si slaccia in quella
       che ha ricevuto già 'l colpo mortale,
       che gir non sa, ma qua et là saltella,

25   vid' io lo Minotauro far cotale;
       et quelli accorto gridò: «Corri al varco;
       mentre ch' è in furia, è buon che tu ti cale.»

28   Così prendemmo via giù per lo scarco
       di quelle pietre, che spesso moviènsi
       sotti i miei piedi per lo nuovo carco.

31   Io gìa pensando; et quei disse: «Tu pensi
       forse a questa ruina, ch' è guardata
       da quell' ira bestial ch' io ora spensi.

34   Or vo' che sappi, che l' altra fiata
       ch' io discesi quaggiù nel basso Inferno,
       questa roccia non era ancor cascata.

37   Ma certo poco pria, se ben discerno,
       che venisse Colui che la gran preda
       levò a Dite del cerchio superno,

40   da tutte parti l' alta valle feda
       tremò sì, ch' io pensai che l' universo
       sentisse amor, per lo qual è chi creda

43   più volte il mondo in Caos converso;
       et in quel punto questa vecchia roccia
       qui et altrove tal fece riverso.

46   Ma ficca li occhi a valle; chè s' approccia
       la riviera del sangue, in la qual bolle
       qual che per violença in altrui noccia.»

49   O cieca cupidigia, et ria et folle,
       che sì ci sproni ne la vita corta,
       et ne l' eterna poi sì mal c' immolle!

52   I' vidi un' ampia fossa in arco torta,
       come quella che tutto il piano abbraccia,
       secondo ch' avea detto la mia scorta;

55   et tra il piè de la ripa et essa, in traccia
       correan Centauri armati di saette,
       come solean nel mondo andare a caccia.

58   Veggendoci calar ciascun ristette,
       et de la schiera tre si dipartiro
       con archi et asticciuole prima elette.

61   Et l' un gridò da lungi: «A qual martiro
       venite voi che scendete la costa?
       ditel costinci; se non, l' arco tiro.»

64   Lo mio maestro disse: «La risposta
       farem noi a Chiron costà di presso:
       mal fu la voglia tua sempre sì tosta.»

67   Poi mi tentò et disse: «Quelli è Nesso,
       che morì per la bella Deianira,
       et fe' di sè la vendetta egli stesso;

70   et quel di meçço, che al petto si mira,
       è il gran Chirone, il qual nodrì Achille:
       quell' altro è Folo, che fu sì pien d' ira.

73   D' intorno al fosso vanno a mille a mille,
       saettando quale anima si svelle
       del sangue più che sua colpa sortille.»

76   Noi ci appressammo a quelle fiere snelle;
       Chiron prese uno strale, et con la cocca
       fece la barba indietro a le mascelle.

79   Quando s' ebbe scoperta la gran bocca,
       disse ai compagni: «Siete voi accorti,
       che quel di retro move ciò ch' ei tocca?

82   Così non soglion fare i piè de' morti.»
        E 'l mio buon duca, che già li era al petto
        dove le duo nature son consorti,

85   rispuose: «Ben è vivo, et sì soletto
        mostrarli mi convien la valle buia:
        necessità 'l c'induce et non diletto.

88   Tal si partì da cantare alleluia
        che mi commise quest' officio nuovo;
        non è ladron, nè io anima fuia.

91   Ma per quella virtù, per cui io movo
        li passi miei per sì selvaggia strada,
        danne un de' tuoi, a cui noi siamo a pruovo,

94   et che ne mostri là dove si guada,
        et che porti costui in su la groppa;
        che non è spirto che per l' aere vada.»

97   Chiron si volse in su la destra poppa,
        et disse a Nesso: «Torna, et sì li guida,
        et fa' cansar, s' altra schiera v' intoppa.»

100   Or ci movemmo con la scorta fida
        lungo la proda del bollor vermiglio,
        ove i bolliti facean alte strida.

103   Io vidi gente sotto infino al ciglio;
        e 'l gran Centauro disse: «Ei son tiranni
        che dier nel sangue et ne l' aver di piglio.

106   Quivi si piangon li spietati danni;
        quivi è Alessandro, et Dionisio fero,
        che fe' Cicilia aver dolorosi anni.

109   Et quella fronte c' ha il pel così nero
        è Aççolino; et quell' altro ch' è biondo
        è Opiçço da Esti, il qual per vero

112   fu spento dal figliastro su nel mondo.»
       Allor mi volsi al poeta, et quei disse:
       «Questi ti sia or primo et io secondo.»

115   Poco più oltre il Centauro s' affisse
       sovra una gente che infino a la gola
       parea che di quel bulicame uscisse.

118   Mostrocci un' ombra da l' un canto sola,
       dicendo: «Colui fesse in grembo a Dio
       lo cor che in su Tamigi ancor si cola.»

121   Poi vidi gente che di fuor del rio
       tenea la testa et ancor tutto il casso;
       et di costoro assai riconobb' io.

124   Così a più a più si facea basso
       quel sangue sì che cocea pur li piedi;
       et quivi fu del fosso il nostro passo.

127   «Sì come tu da questa parte vedi
       lo bulicame che sempre si scema,»
       disse il Centauro, «voglio che tu credi,

130   che da quest' altra a più a più giù prema
       lo fondo suo, infin ch' el si raggiunge
       ove la tirannia convien che gema.

133   La divina giustiçia di qua punge
       quell' Attila che fu flagello in terra,
       et Pirro et Sesto; et in eterno munge

136   le lagrime che col bollor disserra
       a Rinier da Corneto, a Rinier Paçço,
       che fecero a le strade tanta guerra.»

139   Poi si rivolse, et ripassossi il guaçço.

CANTO DECIMOTERÇO

Non era ancor di là Nesso arrivato,
quando noi ci mettemmo per un bosco
che da nessun sentiero era segnato.

4 Non fronde verdi, ma di color fosco;
non rami schietti, ma nodosi e involti;
non pomi v' eran, ma stecchi con tosco.

7 Non han sì aspri sterpi nè sì folti
quelle fiere selvagge che in odio hanno
tra Cecina et Corneto i luoghi colti.

10 Quivi le brutte Arpìe lor nido fanno,
che cacciâr de le Strofade i Troiani
con tristo annunçio di futuro danno.

13 Ali hanno late, et colli et visi umani,
piè con artigli, et pennuto il gran ventre;
fanno lamenti in su li alberi strani.

16 E 'l buon maestro: «Prima che più entre,
sappi che se' nel secondo girone,»
mi cominciò a dire, «et sarai, mentre

19 che tu verrai ne l' orribil sabbione:
però riguarda bene, et sì vedrai
cose che torrìen fede al mio sermone.»

22 Io sentia da ogni parte tragger guai,
    et non vedea persona che il facesse;
    per ch' io tutto smarrito m' arrestai.

25 Io credo ch' ei credette ch' io credesse
    che tante voci uscisser tra que' bronchi
    da gente che per noi si nascondesse.

28 Però disse il maestro: «Se tu tronchi
    qualche fraschetta d' una d' este piante,
    li pensier c' hai si faran tutti monchi.»

31 Allor porsi la mano un poco avante
    et colsi un ramicel da un gran pruno;
    e 'l tronco suo gridò: «Perchè mi schiante?»

34 Da che fatto fu poi di sangue bruno,
    ricominciò a gridar: «Perchè mi scerpi?
    non hai tu spirto di pietate alcuno?

37 Uomini fummo, et or sem fatti sterpi:
    ben dovrebbe esser la tua man più pia,
    se state fossimo anime di serpi.»

40 Come d' un stiçço verde, che arso sia
    da l' un de' capi, che da l' altro geme,
    et cigola per vento che va via;

43 sì de la scheggia rotta usciva insieme
    parole et sangue; ond' io lasciai la cima
    cadere, et stetti come l' uom che teme.

46 «S' egli avesse potuto creder prima,»
    rispuose il savio mio, «anima lesa,
    ciò c' ha veduto pur con la mia rima,

49 non averebbe in te la man distesa;
    ma la cosa incredibile mi fece
    indurlo ad opra che a me stesso pesa.

52   Ma dilli chi tu fosti, sì che in vece
       d' alcuna ammenda tua fama rinfreschi
       nel mondo su, dove tornar li lece.»

55   E 'l tronco: «Sì con dolce dir m' adeschi,
       ch' io non posso tacere; et voi non gravi
       perch' io un poco a ragionar m' inveschi.

58   Io son colui che tenni ambo le chiavi
       del cor di Federigo, et che le volsi
       serrando et disserrando sì soavi,

61   che dal secreto suo quasi ogni uom tolsi:
       fede portai al glorioso offiçio
       tanta, ch' io ne perdei li sonni et polsi.

64   La meretrice che mai da l' ospiçio
       di Cesare non torse li occhi putti,
       morte comune, et de le corti viçio,

67   infiammò contra me li animi tutti,
       et l' infiammati infiammâr sì Augusto,
       che i lieti onor tornaro in tristi lutti.

70   L' animo mio per disdegnoso gusto,
       credendo col morir fuggir disdegno,
       ingiusto fece me contra me giusto.

73   Per le nuove radici d' esto legno
       vi giuro che giammai non ruppi fede
       al mio signor, che fu d' onor sì degno.

76   Et se di voi alcun nel mondo riede,
       conforti la memoria mia, che giace
       ancor del colpo che invidia le diede.»

79   Un poco attese, et poi: «Da ch' el si tace,»
       disse il poeta a me, «non perder l' ora;
       ma parla et chiedi a lui se più ti piace.»

82 Ond' io a lui: «Domandal tu ancora
di quel che credi che a me satisfaccia;
ch' io non potrei, tanta pietà m' accora.»

85 Perciò ricominciò: «Se l' uom ti faccia
liberamente ciò che il tuo dir priega,
spirito incarcerato, ancor ti piaccia

88 di dirne come l' anima si lega
in questi nocchi; et dinne, se tu puoi,
se alcuna mai da tai membra si spiega.»

91 Allor soffiò lo tronco forte, et poi
si convertì quel vento in cotal voce:
«Brievemente sarà risposto a voi.

94 Quando si parte l' anima feroce
dal corpo, ond' ella stessa s' è disvelta,
Minos la manda a la settima foce.

97 Cade in la selva, et non l' è parte scelta;
ma là dove fortuna la balestra,
quivi germoglia come gran di spelta.

100 Surge in vermena, et in pianta silvestra:
l' Arpìe, pascendo poi de le sue foglie,
fanno dolore, et al dolor finestra.

103 Come l' altre verrem per nostre spoglie,
ma non però ch' alcuna sen rivesta;
chè non è giusto aver ciò ch' uom si toglie.

106 Qui le strascineremo, et per la mesta
selva saranno i nostri corpi appesi,
ciascuno al prun de l' ombra sua molesta.»

109 Noi eravamo ancora al tronco attesi,
credendo ch' altro ne volesse dire,
quando noi fummo d' un romor sorpresi,

112   similmente a colui che venire
        sente il porco et la caccia a la sua posta,
        ch' ode le bestie et le frasche stormire.

115   Et ecco duo da la sinistra costa,
        nudi et graffiati, fuggendo sì forte,
        che de la selva rompièno ogni rosta.

118   Quel dinançi: «Ora accorri, accorri, morte!»,
        et l' altro, a cui pareva tardar troppo,
        gridava: «Lano, sì non furo accorte

121   le gambe tue a le giostre del Toppo.»
        Et poi che forse li fallìa la lena,
        di sè et d' un cespuglio fece un groppo.

124   Diretro a loro era la selva piena
        di nere cagne, bramose et correnti,
        come veltri che uscisser di catena.

127   In quel che s' appiattò miser li denti,
        et quel dilaceraro a brano a brano;
        poi sen portâr quelle membra dolenti.

130   Presemi allor la mia scorta per mano,
        et menommi al cespuglio che piangea,
        per le rotture sanguinenti, invano.

133   «O Jacomo,» dicea, «da Sant' Andrea,
        che t' è giovato di me fare schermo?
        che colpa ho io de la tua vita rea?»

136   Quando il maestro fu sovr' esso fermo,
        disse: «Chi fusti, che per tante punte
        soffi con sangue doloroso sermo?»

139   Et elli a noi: «O anime, che giunte
        siete a veder lo straçio disonesto
        c' ha le mie fronde sì da me disgiunte,

142 raccoglietele al piè del tristo cesto:
      io fui de la città che nel Batista
      mutò 'l primo padrone; ond' ei per questo
145 sempre con l' arte sua la farà trista:
      et se non fosse che in sul passo d' Arno
      rimane ancor di lui alcuna vista,
148 quei cittadin, che poi la rifondarno
      sovra il cener che d' Attila rimase,
      avrebber fatto lavorare indarno.
151 Io fei giubbetto a me de le mie case.»

CANTO DECIMOQUARTO

Poi che la carità del natio loco
  mi strinse, raunai le fronde sparte,
  et rende' le a colui ch' era già fioco.

4 Indi venimmo al fine, ove si parte
  lo secondo giron dal terço, et dove
  si vede di giustiçia orribil arte.

7 A ben manifestar le cose nuove,
  dico che arrivammo ad una landa
  che dal suo letto ogni pianta rimove.

10 La dolorosa selva l' è ghirlanda
  intorno, come il fosso tristo ad essa:
  quivi fermammo i passi a randa a randa.

13 Lo spaçço era una rena arida et spessa,
  non d' altra foggia fatta che colei,
  che fu da' piè di Caton già soppressa.

16 O vendetta di Dio, quanto tu dèi
  esser temuta da ciascun che legge
  ciò che fu manifesto a li occhi miei!

19 D' anime nude vidi molte gregge,
  che piangean tutte assai miseramente,
  et parea posta lor diversa legge.

22 Supin giaceva in terra alcuna gente;
　　alcuna si sedea tutta raccolta,
　　et altra andava continuamente.

25 Quella che giva intorno era più molta,
　　et quella men che giaceva al tormento,
　　ma più al duolo avea la lingua sciolta.

28 Sovra tutto il sabbion d' un cader lento
　　piovean di foco dilatate falde,
　　come di neve in alpe sança vento.

31 Quali Alessandro in quelle parti calde
　　d' India vide sopra lo suo stuolo
　　fiamme cadere infino a terra salde;

34 per ch' ei provvide a scalpitar lo suolo
　　con le sue schiere, acciò che lo vapore
　　me' si stingeva mentre ch' era solo:

37 tale scendeva l' eternale ardore;
　　onde l' arena s' accendea, com' esca
　　sotto focile, a doppiar lo dolore.

40 Sança riposo mai era la tresca
　　de le misere mani, or quindi or quinci
　　iscotendo da sè l' arsura fresca.

43 Io cominciai: «Maestro, tu che vinci
　　tutte le cose, fuor che i demon duri
　　che a l' entrar de la porta incontro uscinci,

46 chi è quel grande, che non par che curi
　　lo incendio, et giace dispettoso et torto
　　sì, che la pioggia non par che il maturi?»

49 Et quel medesmo, che si fue accorto
　　ch' io domandava il mio duca di lui,
　　gridò: «Qual io fui vivo, tal son morto.

52   Se Giove stanchi il suo fabbro, da cui
crucciato prese la folgore acuta
onde l' ultimo die percosso fui;

55   o s' elli stanchi li altri a muta a muta
in Mongibello a la fucina negra,
chiamando: «Buon Vulcano, aiuta aiuta,»

58   sì com' el fece a la pugna di Flegra,
et me saetti con tutta sua força,
non ne potrebbe aver vendetta allegra.»

61   Allora il duca mio parlò di força
tanto, ch' io non l' avea sì forte udito:
«O Capaneo, in ciò che non s' ammorça

64   la tua superbia, se' tu più punito:
nullo martirio, fuor che la tua rabbia,
sarebbe al tuo furor dolor compito.»

67   Poi si rivolse a me con miglior labbia,
dicendo: «Quel fu l' un de' sette regi
ch' assiser Tebe; et ebbe et par ch' egli abbia

70   Dio in disdegno, et poco par che il pregi;
ma, come io dissi a lui, li suo' dispetti
sono al suo petto assai debiti fregi.

73   Or mi vien dietro, et guarda che non metti
ancor li piedi ne l' arena arsiccia;
ma sempre al bosco li ritieni stretti.»

76   Tacendo divenimmo là ove spiccia
fuor de la selva un picciol fiumicello,
lo cui rossore ancor mi raccapriccia.

79   Quale del Bulicame esce ruscello
che parton poi tra lor le peccatrici,
tal per l' arena giù sen giva quello.

82 Lo fondo suo et ambo le pendici
   fatt' eran pietra, et i margini da lato;
   per ch' io m' accorsi che il passo era lici.

85 «Tra tutto l' altro ch' io t' ho dimostrato,
   poscia che noi entrammo per la porta
   lo cui sogliare a nessuno è negato,

88 cosa non fu da li tuoi occhi scorta
   notabile com' è 'l presente rio,
   che sovra sè tutte fiammelle ammorta.»

91 Queste parole fur del duca mio:
   per ch' io 'l pregai che mi largisse il pasto
   di cui largito m' aveva il disio.

94 «In meçço mar siede un paese guasto,»
   diss' elli allora, «che s' appella Creta,
   sotto il cui rege fu già il mondo casto.

97 Una montagna v' è che già fu lieta
   d' acqua et di fronde, che si chiamò Ida;
   ora è diserta come cosa vieta.

100 Rea la scelse già per cuna fida
    del suo figliuolo, et per celarlo meglio,
    quando piangea vi facea far le grida.

103 Dentro dal monte sta dritto un gran veglio,
    che tien vòlte le spalle inver Damiata,
    et Roma guarda sì come suo speglio.

106 La sua testa è di fin' oro formata,
    et puro argento son le braccia e 'l petto,
    poi è di rame infino a la forcata;

109 da indi in giuso è tutto ferro eletto,
    salvo che il destro piede è terra cotta,
    et sta in su quel, più che in su l' altro, eretto.

112   Ciascuna parte, fuor che l' oro, è rotta
       d' una fessura che lagrime goccia,
       le quali, accolte, foran quella grotta.

115   Lor corso in questa valle si diroccia:
       fanno Acheronte, Stige et Flegetonta;
       poi sen van giù per questa stretta doccia

118   in fin là dove più non si dismonta:
       fanno Cocito; et qual sia quello stagno,
       tu lo vedrai: però qui non si conta.»

121   Et io a lui: «Se il presente rigagno
       si deriva così dal nostro mondo,
       perchè ci appar pure a questo vivagno?»

124   Et egli a me: «Tu sai che il luogo è tondo,
       et tutto che tu sie venuto molto
       pur a sinistra giù calando al fondo,

127   non se' ancor per tutto il cerchio vòlto;
       per che, se cosa n' apparisce nova,
       non dee addur meraviglia al tuo volto.»

130   Et io ancor: «Maestro, ove si trova
       Flegetonta et Letè, chè de l' un taci,
       et l' altro di' che si fa d' esta piova?»

133   «In tutte tue question certo mi piaci,»
       rispuose; «ma il bollor de l' acqua rossa
       dovea ben solver l' una che tu faci.

136   Letè vedrai, ma fuor di questa fossa,
       là dove vanno l' anime a lavarsi
       quando la colpa pentuta è rimossa.»

139   Poi disse: «Omai è tempo da scostarsi
       dal bosco; fa' che diretro a me vegne:
       li margini fan via, che non son arsi,

142   et sovra loro ogni vapor si spegne.»

CANTO DECIMOQUINTO

Ora cen porta l' un de' duri margini,
    e 'l fummo del ruscel di sopra aduggia
    sì che dal foco salva l' acqua et li argini.
4   Quale i Fiamminghi tra Guiççante et Bruggia,
    temendo il fiotto che ver lor s' avventa,
    fanno lo schermo perchè il mar si fuggia;
7   et quale i Padovan lungo la Brenta,
    per difender lor ville et lor castelli,
    ançi che Chiarentana il caldo senta;
10   a tale imagine eran fatti quelli,
    tutto che nè sì alti nè sì grossi,
    qual che si fosse, lo maestro fèlli.
13   Già eravam da la selva rimossi
    tanto, ch' io non avrei visto dov' era,
    perch' io indietro rivolto mi fossi;
16   quando incontrammo d' anime una schiera,
    che venian lungo l' argine, et ciascuna
    ci riguardava, come suol da sera
19   guardar l' un l' altro sotto nuova luna;
    et sì ver noi agguççavan le ciglia
    come 'l vecchio sartor fa ne la cruna.

73

22 Così adocchiato da cotal famiglia,
 fui conosciuto da un, che mi prese
 per lo lembo et gridò: «Qual maraviglia?»

25 Et io, quando il suo braccio a me distese,
 ficcai li occhi per lo cotto aspetto
 sì che il viso abbruciato non difese

28 la conoscença sua al mio intelletto;
 et chinando la mia a la sua faccia,
 rispuosi: «Siete voi qui, ser Brunetto?»

31 Et quelli: «O figliuol mio, non ti dispiaccia
 se Brunetto Latini un poco teco
 ritorna indietro, et lascia andar la traccia.»

34 Io dissi a lui: «Quanto posso ven preco;
 et se volete che con voi m'asseggia,
 faròl, se piace a costui, chè vo seco.»

37 «O figliuol,» disse, «qual di questa greggia
 s'arresta punto, giace poi cent'anni
 sança arrostarsi quando il fuoco il feggia.

40 Però va' oltre; io ti verrò a' panni,
 et poi rigiugnerò la mia masnada,
 che va piangendo i suoi eterni danni.»

43 Io non osava scender de la strada
 per andar par di lui; ma il capo chino
 tenea, com' uom che reverente vada.

46 El cominciò: «Qual fortuna o destino
 ançi l' ultimo dì qua giù ti mena?
 et chi è questi che mostra il cammino?»

49 «Là su di sopra in la vita serena,»
 rispuos' io lui, «mi smarri' in una valle,
 avanti che l' età mia fosse piena.

52 Pur ier mattina le volsi le spalle:
      questi m' apparve, tornand' io in quella,
      et riducemi a ca' per questo calle.»
55 Et egli a me: «Se tu segui tua stella,
      non puoi fallire a glorioso porto,
      se ben m' accorsi ne la vita bella;
58 et s' io non fossi sì per tempo morto,
      veggendo il cielo a te così benigno,
      dato t' avrei a l' opera conforto.
61 Ma quello ingrato popolo maligno,
      che discese di Fiesole ab antico,
      et tiene ancor del monte et del macigno,
64 ti si farà, per tuo ben far, nimico:
      et è ragion; chè tra li laçci sorbi
      si disconvien fruttare al dolce fico.
67 Vecchia fama nel mondo li chiama orbi,
      gente avara, invidiosa et superba:
      da' lor costumi fa' che tu ti forbi.
70 La tua fortuna tanto onor ti serba,
      che l' una parte et l' altra avranno fame
      di te; ma lungi fia dal becco l' erba.
73 Faccian le bestie fiesolane strame
      di lor medesme, et non tocchin la pianta,
      s' alcuna surge ancor nel lor letame,
76 in cui riviva la semente santa
      di quei Roman che vi rimaser quando
      fu fatto il nido di maliçia tanta.»
79 «Se fosse tutto pieno il mio dimando,»
      rispuosi lui, «voi non sareste ancora
      de l' umana natura posto in bando;

82 chè in la mente m' è fitta, et or mi accora
    la cara et buona imagine paterna
    di voi, quando nel mondo ad ora ad ora
85 m' insegnavate come l' uom s' eterna:
    et quant' io l' abbia in grato, mentre io vivo,
    convien che ne la mia lingua si scerna.
88 Ciò che narrate di mio corso scrivo,
    et serbolo a chiosar con altro testo
    a donna che saprà, se a lei arrivo.
91 Tanto vogl' io che vi sia manifesto,
    pur che mia consciença non mi garra,
    che a la fortuna, come vuol, son presto.
94 Non è nuova a li orecchi miei tale arra;
    però giri fortuna la sua rota,
    come le piace, e 'l villan la sua marra.»
97 Lo mio maestro allora in su la gota
    destra si volse indietro, et riguardommi;
    poi disse: «Bene ascolta chi la nota.»
100 Nè per tanto di men parlando vommi
    con ser Brunetto, et dimando chi sono
    li suoi compagni più noti et più sommi.
103 Et egli a me: «Saper d' alcuno è buono;
    de li altri fia laudabile tacerci,
    chè il tempo sarìa corto a tanto suono.
106 In somma sappi che tutti fur cherci
    et letterati grandi, et di gran fama,
    d' un peccato medesmo al mondo lerci.
109 Priscian sen va con quella turba grama,
    et Francesco d' Accorso anche et vedervi,
    s' avessi avuto di tal tigna brama,

112   colui potei che dal servo de' servi
        fu trasmutato d' Arno in Bacchiglione,
        dove lasciò li mal protesi nervi.

115   Di più direi; ma il venir e 'l sermone
        più lungo esser non può, però ch' io veggio
        là surger nuovo fummo del sabbione.

118   Gente vien con la quale esser non deggio:
        siati raccomandato il mio Tesoro
        nel quale io vivo ancora; et più non cheggio.»

121   Poi si rivolse, et parve di coloro
        che corrono a Verona il drappo verde
        per la campagna; et parve di costoro

124   quelli che vince, non colui che perde.

CANTO DECIMOSESTO

Già era in loco ove s' udia il rimbombo
de l' acqua che cadea ne l' altro giro,
simile a quel che l' arnie fanno rombo;

4   quando tre ombre insieme si partiro,
correndo, d' una turma che passava
sotto la pioggia de l' aspro martiro.

7   Venian ver noi, et ciascuna gridava:
«Sòstati tu, che a l' abito ne sembri
essere alcun di nostra terra prava.»

10   Aimè, che piaghe vidi ne' lor membri
recenti et vecchie da le fiamme incese!
ancor men duol, pur ch' io me ne rimembri.

13   A le lor grida il mio dottor s' attese;
volse il viso ver me, et disse: «Aspetta,»
«a costoro si vuole esser cortese;

16   et se non fosse il foco che saetta
la natura del loco, io dicerei
che meglio stesse a te, che a lor, la fretta.»

19   Ricominciâr, come noi ristemmo, ei
l' antico verso; et quando a noi fur giunti,
fenno una rota di sè tutti et trei,

22   qual soliono i campion far nudi et unti,
avvisando lor presa et lor vantaggio,
prima che sien tra lor battuti et punti.

25 Et sì, rotando, ciascuno il visaggio
      driççava a me, sì che in contrario il collo
      faceva a' piè continuo viaggio.
28 «Et se miseria d' esto loco sollo
      rende in dispetto noi et nostri preghi,»
      cominciò l' uno, «e 'l tinto aspetto et brollo,
31 la fama nostra il tuo animo pieghi
      a dirne chi tu se', che i vivi piedi
      così sicuro per lo Inferno freghi.
34 Questi, l' orme di cui pestar mi vedi,
      tutto che nudo et dipelato vada,
      fu di grado maggior che tu non credi.
37 Nepote fu de la buona Gualdrada;
      Guido Guerra ebbe nome, et in sua vita
      fece col senno assai et con la spada.
40 L' altro, che appresso me l' arena trita,
      è Tegghiaio Aldobrandi, la cui voce
      nel mondo su dovria esser gradita.
43 Et io, che posto son con loro in croce,
      Jacopo Rusticucci fui, et certo
      la fiera moglie più ch' altro mi nuoce.»
46 S' io fussi stato dal foco coperto,
      gittato mi sarei tra lor di sotto,
      et credo che il dottor l' avria sofferto.
49 Ma perch' io mi sarei bruciato et cotto,
      vinse paura la mia buona voglia,
      che di loro abbracciar mi facea ghiotto.
52 Poi cominciai: «Non dispetto, ma doglia
      la vostra condiçion dentro mi fisse
      tanto, che tardi tutta si dispoglia,

55 tosto che questo mio signor mi disse
parole, per le quali io mi pensai
che qual voi siete, tal gente venisse.

58 Di vostra terra sono; et sempre mai
l'ovra di voi et li onorati nomi
con affeçion ritrassi et ascoltai.

61 Lascio lo fele, et vo per dolci pomi,
promessi a me per lo verace duca;
ma fino al centro pria convien ch' io tomi.»

64 «Se lungamente l' anima conduca
le membra tue, rispuose quelli ancora,
«et se la fama tua dopo te luca,

67 cortesia et valor di' se dimora
ne la nostra città sì come suole,
o se del tutto se n' è gita fuora?

70 chè Guglielmo Borsiere, il qual si duole
con noi per poco, et va là coi compagni,
assai ne cruccia con le sue parole.»

73 «La gente nuova, et sùbiti guadagni,
orgoglio et dismisura han generata,
Fiorença, in te, sì che tu già ten piagni.»

76 Così gridai con la faccia levata;
e i tre, che ciò inteser per risposta,
guardâr l' un l' altro, come al ver si guata.

79 «Se l' altre volte sì poco ti costa,»
rispuoser tutti, «il satisfare altrui,
felice te se sì parli a tua posta.

82 Però se campi d' esti lochi bui
et torni a riveder le belle stelle,
quando ti gioverà dicere «Io fui,»

85 fa' che di noi a la gente favelle.»
    Indi rupper la rota, et a fuggirsi
    ali sembiâr le gambe loro snelle.

88 Un *ammen* non saria potuto dirsi
    tosto così, com' ei furo spariti:
    per che al maestro parve di partirsi.

91 Io lo seguiva, et poco eravam iti,
    che il suon de l' acqua n' era sì vicino
    che per parlar saremmo appena uditi.

94 Come quel fiume c' ha proprio cammino
    prima da monte Veso in ver levante
    da la sinistra costa d' Apennino,

97 che si chiama Acquaqueta suso, avante
    che si divalli giù nel basso letto,
    et a Forlì di quel nome è vacante,

100 rimbomba là sovra San Benedetto
    de l'Alpe, per cadere ad una scesa,
    ove dovea per mille esser ricetto;

103 così, giù d' una ripa discoscesa,
    trovammo risonar quell' acqua tinta,
    sì che in poc' ora avria l' orecchia offesa.

106 Io aveva una corda intorno cinta,
    et con essa pensai alcuna volta
    prender la lonça a la pelle dipinta.

109 Poscia che l' ebbi tutta da me sciolta,
    sì come il duca m' avea comandato,
    porsila a lui aggroppata et ravvolta.

112 Ond' ei si volse inver lo destro lato,
    et alquanto di lungi da la sponda
    la gittò giuso in quell' alto burrato.

115 «E' pur convien che novità risponda,»
    dicea fra me medesmo, «al nuovo cenno
    che il maestro con l' occhio sì seconda.»

118 Ahi quanto cauti li uomini esser denno
    presso a color che non veggion pur l' opra,
    ma per entro i pensier miran col senno!

121 El disse a me: «Tosto verrà di sopra
    ciò ch' io attendo, et che il tuo pensier sogna;
    tosto convien ch' al tuo viso si scopra.»

124 Sempre a quel ver c' ha faccia di mençogna
    de' l' uom chiuder le labbra finch' el puote,
    però che sança colpa fa vergogna;

127 ma qui tacer nol posso, et per le note
    di questa commedìa, lettor, ti giuro,
    s' elle non sien di lunga gratia vote,

130 ch' io vidi per quell' aere grosso et scuro
    venir notando una figura in suso,
    maravigliosa ad ogni cor sicuro,

133 sì come torna colui che va giuso
    talora a solver l' àncora che aggrappa
    o scoglio od altro che nel mare è chiuso,

136 che in su si stende, et da piè si rattrappa.

Canto decimosettimo, nel quale tratta del discendimento
nel luogo detto Malebolge, che è l'ottavo cerchio d'Inferno.
Ancora fa proemio alquanto di quelli che sono nel settimo cir-
culo et qui si trova il demonio Gerione, sopra il quale passaro il
fiume. Et qui parloe Dante ad alcuni prestatori et usurieri del
settimo circulo.

CANTO DECIMOSETTIMO

«Ecco la fiera con la coda aguçça
    che passa i monti, et rompe i muri et l' armi;
    ecco colei che tutto il mondo appuçça.»

4   Sì cominciò lo mio duca a parlarmi,
    et accennolle che venisse a proda,
    vicino al fin de' passeggiati marmi.

7   Et quella soçça imagine di froda
    sen venne, et arrivò la testa e 'l busto;
    ma in su la riva non trasse la coda.

10   La faccia sua era faccia d' uom giusto;
    tanto benigna avea di fuor la pelle,
    et d' un serpente tutto l' altro fusto.

13   Due branche avea pilose infin l' ascelle:
    lo dosso e 'l petto et ambedue le coste
    dipinte avea di nodi et di rotelle.

16   Con più color, sommesse et soprapposte,
    non fêr mai drappo Tartari nè Turchi,
    nè fur tai tele per Aragne imposte.

19   Come tal volta stanno a riva i burchi,
    che parte sono in acqua et parte in terra,
    et come là tra li Tedeschi lurchi

22   lo bivero s' assetta a far sua guerra;
     così la fiera pessima si stava
     su l' orlo che, di pietra, il sabbion serra.

25   Nel vano tutta sua coda guiççava,
     torcendo in su la venenosa forca,
     che, a guisa di scorpion, la punta armava.

28   Lo duca disse: «Or convien che si torca
     la nostra via un poco infino a quella
     bestia malvagia che colà si corca.»

31   Però scendemmo a la destra mammella,
     et dieci passi femmo in su lo stremo,
     per ben cessar la rena et la fiammella.

34   Et quando noi a lei venuti semo,
     poco più oltre veggio in su la rena
     gente seder propinqua al loco scemo.

37   Quivi il maestro: «Acciò che tutta piena
     esperiença d' esto giron porti,»
     mi disse, «va' et vedi la lor mena.

40   Li tuoi ragionamenti sien là corti:
     mentre che torni parlerò con questa,
     che ne conceda i suoi omeri forti.»

43   Così ancor su per la strema testa
     di quel settimo cerchio tutto solo
     andai, ove sedea la gente mesta.

46   Per li occhi fuori scoppiava lor duolo:
     di qua, di là soccorrien con le mani,
     quando a' vapori, et quando al caldo suolo.

49   Non altrimenti fan di state i cani,
     or col ceffo or col piè, quando son morsi
     o da pulci o da mosche o da tafani.

52   Poi che nel viso a certi li occhi porsi,
        ne' quali il doloroso foco casca,
        non ne conobbi alcun; ma io m' accorsi
55   che dal collo a ciascun pendea una tasca,
        che avea certo colore et certo segno,
        et quindi par che il loro occhio si pasca.
58   Et com' io riguardando tra lor vegno,
        in una borsa gialla vidi aççurro,
        che d' un leone avea faccia et contegno.
61   Poi procedendo di mio sguardo il curro,
        vidine un' altra, come sangue rossa,
        mostrare un' oca bianca più che burro.
64   Et un, che d' una scrofa aççurra et grossa
        segnato avea lo suo sacchetto bianco,
        mi disse: «Che fai tu in questa fossa?
67   Or te ne va'; et perchè se' vivo anco,
        sappi che il mio vicin Vitaliano
        sederà qui dal mio sinistro fianco.
70   Con questi Fiorentin son Padovano;
        spesse fiate m' intronan li orecchi,
        gridando: «Vegna il cavalier sovrano,
73   che recherà la tasca con tre becchi.»
        Qui distorse la faccia, et di fuor trasse
        la lingua, come bue che il naso lecchi.
76   Et io, temendo no 'l più star crucciasse
        lui che di poco star m' avea monito,
        torna' mi indietro da l' anime lasse.
79   Trovai lo duca mio ch' era salito
        giù su la groppa del fiero animale,
        et disse a me: «Or sie forte et ardito.

82   Omai si scende per sì fatte scale:
         monta dinançi, ch' io voglio esser meçço,
         sì che la coda non possa far male.»

85   Qual è colui, c' ha sì presso il ripreçço
         de la quartana, c' ha già l' unghie smorte,
         et trema tutto pur guardando il reçço,

88   tal divenn' io a le parole pòrte;
         ma vergogna mi fêr le sue minacce,
         che innançi a buon signor fa servo forte.

91   Io m' assettai in su quelle spallacce:
         sì volli dir, ma la voce non venne
         com' io credetti; «Fa' che tu m' abbracce.»

94   Ma esso, che altra volta mi sovvenne
         ad altro forte, tosto ch' io montai,
         con le braccia m' avvinse et mi sostenne:

97   et disse: «Gerion, moviti omai!
         Le rote larghe, et lo scender sia poco:
         pensa la nuova soma che tu hai.»

100   Come la navicella esce del loco
         in dietro, in dietro, sì quindi si tolse;
         et poi ch' al tutto si sentì a giuoco,

103   là ov' era il petto, la coda rivolse,
         et quella tesa, come anguilla, mosse,
         et con le branche l' aere a sè raccolse.

106   Maggior paura non credo che fosse,
         quando Fetòn abbandonò li freni,
         per che il ciel, come pare ancor, si cosse;

109   nè quando Icaro misero le reni
         sentì spennar per la scaldata cera,
         gridando il padre a lui: «Mala via tieni,»

112 che fu la mia, quando vidi ch' i' era
    ne l' aere d' ogni parte, et vidi spenta
    ogni veduta fuor che de la fiera.

115 Ella sen va nuotando lenta lenta;
    rota et discende, ma non me n' accorgo,
    se non ch' al viso et di sotto mi venta.

118 Io sentia già da la man destra il gorgo
    far sotto noi un orribile stroscio;
    per che con li occhi in giù la testa sporgo.

121 Allor fu' io più timido a lo scoscio:
    però ch' io vidi fochi et sentii pianti;
    ond' io tremando tutto mi raccoscio.

124 Et vidi poi, chè nol vedea davanti,
    lo scendere e 'l girar, per li gran mali
    che s' appressavan da diversi canti.

127 Come il falcon ch' è stato assai su l' ali,
    che sança veder logoro o uccello,
    fa dire al falconiere: «Oimè tu cali:»

130 discende lasso onde si muove snello,
    per cento rote, et da lungi si pone
    dal suo maestro, disdegnoso et fello;

133 così ne pose al fondo Gerione
    a piè a piè de la stagliata rocca;
    et discarcate le nostre persone,

136 si deleguò come da corda cocca.

CANTO DECIMOTTAVO

Loco è in Inferno detto Malebolge,
    tutto di pietra et di color ferrigno,
    come la cerchia che d' intorno il volge.

4   Nel dritto meçço del campo maligno
    vaneggia un poçço assai largo et profondo,
    di cui *suo loco* dicerò l' ordigno.

7   Quel cinghio che rimane adunque è tondo,
    tra il poçço e 'l piè de l' alta ripa dura,
    et ha distinto in dieci valli il fondo.

10   Quale, dove per guardia de le mura,
    più et più fossi cingon li castelli,
    la parte dov' ei son, rende figura;

13   tale imagine quivi facean quelli:
    et come a tai forteçce dai lor sogli
    a la ripa di fuor son ponticelli,

16   così da imo de la roccia scogli
    movien, che ricidien li argini et fossi
    infino al poçço, che i tronca et raccôgli.

19   In questo loco, da la schiena scossi
    di Gerion, trovammoci: e 'l poeta
    tenne a sinistra, et io retro mi mossi.

22 A la man destra vidi nuova pièta;
nuovi tormenti et nuovi frustatori,
di che la prima bolgia era repleta.

25 Nel fondo erano ignudi i peccatori:
dal meçço in qua ci venian verso il volto,
di là con noi, ma con passi maggiori;

28 come i Roman, per l' esercito molto,
l' anno del giubileo, su per lo ponte
hanno a passar la gente modo colto,

31 che da l' un lato tutti hanno la fronte
verso il castello, et vanno a Santo Pietro;
da l' altra sponda vanno verso il monte.

34 Di qua, di là, su per lo sasso tetro
vidi demon cornuti con gran ferçe,
che li battean crudelmente di retro.

37 Ahi, come facean lor levar le berçe
a le prime percosse! già nessuno
le seconde aspettava nè le terçe.

40 Mentr' io andava, li occhi miei in uno
furo scontrati; et io sì tosto dissi:
«Di già veder costui non son digiuno.»

43 Perciò a figurarlo i piedi affissi;
e 'l dolce duca meco si ristette,
et assentìo ch' alquanto indietro gissi.

46 Et quel frustato celar si credette
bassando il viso; ma poco li valse;
ch' io dissi: «Tu che l' occhio a terra gette,

49 se le façion che porti non son false,
Venedico se' tu Caccianimico;
ma che ti mena a sì pungenti salse?»

52   Et egli a me: «Mal volentier lo dico;
      ma sforçami la tua chiara favella,
      che mi fa sovvenir del mondo antico.

55   Io fui colui, che la Ghisolabella
      condussi a far la voglia del Marchese,
      come che suoni la sconcia novella.

58   Et non pur io qui piango Bolognese;
      ançi n' è questo loco tanto pieno,
      che tante lingue non son ora apprese

61   a dicer *sipa* tra Savena et Reno;
      et se di ciò vuoi fede o testimonio,
      rècati a mente il nostro avaro seno.»

64   Così parlando il percosse un demonio
      de la sua scuriada, et disse: «Via,
      ruffian, qui non son femmine da conio!»

67   Io mi raggiunsi con la scorta mia:
      poscia con pochi passi divenimmo
      là ove uno scoglio de la ripa uscia.

70   Assai leggieramente quel salimmo,
      et vòlti a destra su per la sua scheggia,
      da quelle cerchie eterne ci partimmo.

73   Quando noi fummo là, dov' el vaneggia
      di sotto, per dar passo a li sferçati,
      lo duca disse: «Attienti, et fa' che feggia

76   lo viso in te di questi altri mal nati,
      a' quali non vedesti ancor la faccia,
      però che son con noi insieme andati.»

79   Del vecchio ponte guardavam la traccia
      che venìa verso noi da l' altra banda,
      et che la ferça similmente scaccia.

82 Lo buon maestro, sança mia dimanda,
   mi disse: «Guarda quel grande che viene,
   et per dolor non par lagrime spanda.

85 Quanto aspetto reale ancor ritiene!
   quelli è Giason, che per core et per senno
   li Colchi del monton privati fene.

88 Elli passò per l' isola di Lenno,
   poi che le ardite femmine spietate
   tutti li maschi loro a morte dienno.

91 Quivi con segni et con parole ornate
   Isifile ingannò, la giovinetta
   che prima l'altre avea tutte ingannate.

94 Lasciolla quivi gravida et soletta:
   tal colpa a tal martiro lui condanna;
   et anche di Medea si fa vendetta.

97 Con lui sen va chi da tal parte inganna:
   et questo basti de la prima valle
   sapere, et di color che in sè assanna.»

100 Già eravam là 've lo stretto calle
    con l' argine secondo s' incrocicchia,
    et fa di quello ad un altro arco spalle.

103 Quindi sentimmo gente che si nicchia
    ne l' altra bolgia, et che col muso sbuffa,
    et sè medesma con le palme picchia.

106 Le ripe eran grommate d' una muffa
    per l' alito di giù che vi si appasta,
    che con li occhi et col naso facea çuffa.

109 Lo fondo è cupo sì, che non ci basta
    loco a veder sança montare al dosso
    de l' arco, ove lo scoglio più sovrasta.

112   Quivi venimmo, et quindi giù nel fosso
         vidi gente attuffata in uno sterco,
         che da li uman privati parea mosso.

115   Et mentre ch' io là giù con l' occhio cerco,
         vidi un col capo sì di merda lordo,
         che non parea s' era laico o cherco.

118   Quei mi sgridò: «Perchè se' tu sì ingordo
         di riguardar più me, che li altri brutti?»
         Et io a lui: «Perchè, se ben ricordo,

121   già t' ho veduto coi capelli asciutti,
         et sei Alessio Interminei da Lucca:
         però t' adocchio più che li altri tutti.»

124   Et egli allor, battendosi la çucca:
         «Quaggiù m' hanno sommerso le lusinghe,
         ond' io non ebbi mai la lingua stucca.»

127   Appresso ciò lo duca: «Fa' che pinghe,»
         mi disse, «il viso un poco più avante,
         sì che la faccia ben con li occhi attinghe

130   di quella soçça et scapigliata fante,
         che là si graffia con l' unghie merdose,
         et or s' accoscia, et ora è in piede stante.

133   Taide è la puttana, che rispuose
         al drudo suo, quando disse: «Ho io gratie
         grandi appo te?»: «Ançi maravigliose.»

136   Et quinci sien le nostre viste satie.»

CANTO DECIMONONO

O Simon mago, o miseri seguaci,
    che le cose di Dio, che di bontate
    deono essere spose, voi rapaci
4   per oro et per argento adulterate;
    or convien che per voi suoni la tromba,
    però che ne la terça bolgia state.
7   Già eravamo a la seguente tomba
    montati de lo scoglio in quella parte,
    che appunto sopra meçço il fosso piomba.
10   O somma Sapiença, quanta è l' arte
    che mostri in cielo, in terra et nel mal mondo,
    et quanto giusto tua virtù comparte!
13   Io vidi per le coste et per lo fondo
    piena la pietra livida di fori
    d' un largo tutti, et ciascuno era tondo.
16   Non mi parean meno ampi, nè maggiori,
    che quei che son nel mio bel San Giovanni
    fatti per loco de' batteççatori;
19   l' un de li quali, ancor non è molt' anni,
    rupp' io per un che dentro vi annegava:
    et questo sia suggel che ogni uomo sganni.

22 Fuor de la bocca a ciascun soperchiava
   d' un peccator li piedi, et de le gambe
   infino al grosso, et l' altro dentro stava.

25 Le piante erano a tutti accese intrambe;
   per che sì forte guiççavan le giunte,
   che speççate averian ritorte et strambe.

28 Qual suole il fiammeggiar de le cose unte
   muoversi pur su per l' estrema buccia,
   tal era lì da' calcagni a le punte.

31 «Chi è colui, maestro, che si cruccia,
   guiççando più che li altri suoi consorti,»
   diss' io, «et cui più roçça fiamma succia?»

34 Et egli a me: «Se tu vuo' ch' io ti porti
   là giù per quella ripa che più giace,
   da lui saprai di sè et de' suoi torti.»

37 Et io: «Tanto m' è bel, quanto a te piace;
   tu se' signore, et sai ch' io non mi parto
   dal tuo volere, et sai quel che si tace.»

40 Allor venimmo in su l' argine quarto;
   volgemmo et discendemmo a mano stanca
   là giù nel fondo foracchiato et arto.

43 Lo buon maestro ancor de la sua anca
   non mi dipose, sì mi giunse al rotto
   di quel che sì piangeva con la çanca.

46 «O qual che se', che 'l di su tien di sotto,
   anima trista, come pal commessa,»
   comincia' io a dir, «se puoi, fa' motto.»

49 Io stava come il frate che confessa
   lo perfido assassin, che, poi ch' è fitto,
   richiama lui, per che la morte cessa;

52 et ei gridò: «Se' tu già costì ritto,
    se' tu già costì ritto, Bonifaçio?
    di parecchi anni mi mentì lo scritto.

55 Se' tu sì tosto di quell' aver saçio,
    per lo qual non temesti tôrre a inganno
    la bella donna, et poi di farne straçio?»

58 Tal mi fec' io quai son color che stanno,
    per non intender ciò ch' è lor risposto,
    quasi scornati, et risponder non sanno.

61 Allor Virgilio disse: «Digli tosto,
    non son colui, non son colui che credi!»
    Et io rispuosi come a me fu imposto.

64 Per che lo spirto tutti storse i piedi;
    poi sospirando, et con voce di pianto,
    mi disse: «Dunque che a me richiedi?

67 Se di saper chi io sia ti cal cotanto
    che tu abbi però la ripa corsa,
    sappi ch' io fui vestito del gran manto:

70 et veramente fui figliuol de l' orsa,
    cupido sì per avançar li orsatti,
    che su l' avere, et qui me misi in borsa.

73 Di sotto al capo mio son li altri tratti,
    che precedetter me simoneggiando,
    per le fessure de la pietra piatti.

76 Là giù cascherò io altresì, quando
    verrà colui ch' io credea che tu fossi,
    allor ch' io feci il subito dimando.

79 Ma più è il tempo già che i piè mi cossi,
    et ch' io son stato così sottosopra,
    ch' el non starà piantato coi piè rossi;

82   chè, dopo lui, verrà di più laida opra
       di vêr ponente un pastor sança legge,
       tal che convien che lui et me ricopra.

85   Nuovo Giason sarà, di cui si legge
       ne' Maccabei: et come a quel fu molle
       suo re, così fia a lui chi Francia regge.»

88   Io non so s' io mi fui qui troppo folle,
       ch' io pur rispuosi lui a questo metro:
       «Deh, or mi di': quanto tesoro volle

91   Nostro Signore in prima da San Pietro,
       ch' ei ponesse le chiavi in sua balìa?
       Certo non chiese se non: «Viemmi retro.»

94   Nè Pier nè li altri tolsero a Mattia
       oro od argento, quando fu sortito
       al loco che perdè l' anima ria.

97   Però ti sta', che tu se' ben punito;
       et guarda ben la mal tolta moneta,
       ch' esser ti fece contra Carlo ardito.

100   Et se non fosse, che ancor lo mi vieta
       la riverença de le somme chiavi,
       che tu tenesti ne la vita lieta,

103   i' userei parole ancor più gravi;
       chè la vostra avariçia il mondo attrista,
       calcando i buoni et su levando i pravi.

106   Di voi, pastor, s' accorse il Vangelista,
       quando colei, che siede sovra l' acque,
       puttaneggiar co' regi a lui fu vista;

109   quella che con le sette teste nacque,
       et da le dieci corna ebbe argomento,
       fin che virtute al suo marito piacque.

112 Fatto v' avete Dio d' oro et d' argento:
   et che altro è da voi a l' idolatre,
   se non ch' elli uno, et voi n' orate cento?»

115 Ahi, Costantin, di quanto mal fu matre,
   non la tua conversion, ma quella dote
   che da te prese il primo ricco patre!»

118 Et mentre io li cantava cotai note,
   o ira o coscienca che il mordesse,
   forte spingava con ambo le piote.

121 Io credo ben che al mio duca piacesse,
   con sì contenta labbia sempre attese
   lo suon de le parole vere espresse.

124 Però con ambo le braccia mi prese,
   et poi che tutto su mi s' ebbe al petto,
   rimontò per la via onde discese;

127 nè si stancò d' avermi a sè distretto,
   sì men portò sovra il colmo de l' arco,
   che dal quarto al quinto argine è tragetto.

130 Quivi soavemente spose il carco,
   soave per lo scoglio sconcio et erto,
   che sarebbe a le capre duro varco:

133 indi un altro vallon mi fu scoperto.

Canto ventesimo, nel quale tratta de l'indovini et sortilegi incantatori et de l'origine di Mantova, di che trattare diede cagione Manto incantatrice et di loro pene et misera condiçione ne la quarta bolgia in persona di Michele Scotti et di più altri.

CANTO VENTESIMO

Di nuova pena mi convien far versi,
    et dar matera al ventesimo canto
    de la prima cançon, ch' è de' sommersi.

4   Io era già disposto tutto quanto
    a riguardar ne lo scoperto fondo,
    che si bagnava d' angoscioso pianto;

7   et vidi gente per lo vallon tondo
    venir, tacendo et lagrimando, al passo
    che fanno le letane in questo mondo.

10   Come il viso mi scese in lor più basso,
    mirabilmente apparve esser travolto
    ciascun tra 'l mento e 'l principio del casso;

13   chè da le reni era tornato il volto,
    et indietro venir li convenia,
    perchè il veder dinançi era lor tolto.

16   Forse per força già di parlasìa
    si travolse così alcun del tutto;
    ma io nol vidi, nè credo che sia.

19   Se Dio ti lasci, lettor, prender frutto
    di tua leçione, or pensa per te stesso
    com' io potea tener lo viso asciutto,

22   quando la nostra imagine da presso
        vidi sì torta, che il pianto de li occhi
        le natiche bagnava per lo fesso.

25   Certo i' piangea, poggiato ad un de' rocchi
        del duro scoglio, sì che la mia scorta
        mi disse: «Ancor sei tu de li altri sciocchi?

28   Qui vive la pietà quando è ben morta;
        chi è più scellerato che colui
        che al giudicio divin passion comporta?

31   Driçça la testa, driçça, et vedi a cui
        s' aperse a li occhi de' Teban la terra,
        per ch' ei gridavan tutti: «Dove rui,

34   Anfiarao? perchè lasci la guerra?
        et non restò di ruinare a valle
        fino a Minòs, che ciascheduno afferra.

37   Mira che ha fatto petto de le spalle:
        perchè volle veder troppo davante,
        diretro guarda, et fa retroso calle.

40   Vedi Tiresia, che mutò sembiante,
        quando di maschio femmina divenne
        cangiandosi le membra tutte quante;

43   et prima, poi, ribatter li convenne
        li due serpenti avvolti con la verga,
        che riavesse le maschili penne.

46   Aronta è quel che al ventre li s' atterga,
        che nei monti di Luni, dove ronca
        lo Carraresce che di sotto alberga,

49   ebbe tra bianchi marmi la spelonca
        per sua dimora; onde a guardar le stelle
        e 'l mar non li era la veduta tronca.

52   Et quella che ricopre le mammelle,
        che tu non vedi, con le treccie sciolte,
        et ha di là ogni pilosa pelle,

55   Manto fu, che cercò per terre molte,
        poscia si pose là dove nacqu' io;
        onde un poco mi piace che m' ascolte.

58   Poscia che il padre suo di vita uscìo,
        et venne serva la città di Baco,
        questa gran tempo per lo mondo gìo.

61   Suso in Italia bella giace un laco
        a piè de l' alpe, che serra Lamagna
        sovra Tiralli, c' ha nome Benaco.

64   Per mille fonti, credo, et più si bagna,
        tra Garda et Val Camonica, Apennino
        de l' acqua che nel detto lago stagna.

67   Loco è nel meçço là, dove il trentino
        pastore, et quel di Brescia, e 'l veronese
        segnar porìa, se fêsse quel cammino.

70   Siede Peschiera, bello et forte arnese
        da fronteggiar Bresciani et Bergamaschi,
        ove la riva intorno più discese.

73   Ivi convien che tutto quanto caschi
        ciò che in grembo a Benaco star non può,
        et fassi fiume giù per verdi paschi.

76   Tosto che l' acqua a correr mette co,
        non più Benaco, ma Mencio si chiama
        fino a Governo, dove cade in Po.

79   Non molto ha corso, ch' el trova una lama,
        in la qual si distende et la impaluda,
        et suol di state talor esser grama.

82 Quindi passando la vergine cruda
   vide terra nel meçço del pantano,
   sança cultura et d' abitanti nuda.

85 Lì, per fuggire ogni consorçio umano,
   ristette co' suoi servi a far sue arti,
   et visse, et vi lasciò suo corpo vano.

88 Li uomini poi che intorno erano sparti
   s' accolsero a quel loco, ch' era forte
   per lo pantan che avea da tutte parti.

91 Fêr la città sovra quell' ossa morte;
   et per colei che il loco prima elesse,
   Mantova l' appellâr sanç' altra sorte.

94 Già fur le genti sue dentro più spesse,
   prima che la mattìa di Casalodi
   da Pinamonte inganno ricevesse.

97 Però t' assenno, che, se tu mai odi
   originar la mia terra altrimenti,
   la verità nulla mençogna frodi.»

100 Et io: «Maestro, i tuoi ragionamenti
    mi son sì certi, et prendon sì mia fede,
    che li altri mi sarian carboni spenti.

103 Ma dimmi de la gente che procede,
    se tu ne vedi alcun degno di nota;
    chè solo a ciò la mia mente rifiede.»

106 Allor mi disse: «Quel che da la gota
    porge la barba in su le spalle brune,
    fu, quando Grecia fu di maschi vòta

109 sì, che a pena rimaser per le cune,
    augure, et diede il punto con Calcanta
    in Aulide a tagliar la prima fune.

101

112   Euripilo ebbe nome, et così il canta
        l' alta mia tragedìa in alcun loco:
        ben lo sai tu, che la sai tutta quanta.

115   Quell' altro che ne' fianchi è così poco,
        Michele Scotto fu, che veramente
        de le magiche frode seppe il gioco.

118   Vedi Guido Bonatti; vedi Asdente,
        che avere inteso al cuoio et a lo spago
        ora vorrebbe, ma tardi si pente.

121   Vedi le triste che lasciaron l' ago,
        la spuola e 'l fuso, et fecersi indivine;
        fecer malìe con erbe et con imago.

124   Ma vienne omai, chè già tiene il confine
        d' amendue li emisperi, et tocca l' onda
        sotto Sibilia, Caino et le spine,

127   et già iernotte fu la luna tonda:
        ben ten dee ricordar, chè non ti nocque
        alcuna volta per la selva fonda.»

130   Sì mi parlava, et andavamo introcque.

CANTO VENTESIMOPRIMO

Così di ponte in ponte, altro parlando
che la mia commedìa cantar non cura,
venimmo, et tenevamo il colmo, quando

4 ristemmo per veder l' altra fessura
di Malebolge, et li altri pianti vani;
et vidila mirabilmente oscura.

7 Quale ne l' Arçanà de' Viniçiani
bolle l' inverno la tenace pece
a rimpalmar li legni lor non sani,

10 chè navicar non ponno, in quella vece
chi fa suo legno nuovo, et chi ristoppa
le coste a quel che più viaggi fece;

13 chi ribatte da proda et chi da poppa;
altri fa remi, et altri volge sarte;
chi terçeruolo et artimon rintoppa;

16 tal, non per foco ma per divina arte
bollìa là giuso una pegola spessa
che inviscava la ripa da ogni parte.

19 Io vedea lei, ma non vedeva in essa
ma' che le bolle che il bollor levava,
et gonfiar tutta, et riseder compressa.

22   Mentr' io là giù fisamente mirava,
      lo duca mio, dicendo: «Guarda, guarda,»
      mi trasse a sè del loco dov' io stava.

25   Io mi rivolsi come l' uom cui tarda
      di veder quel che li convien fuggire,
      et cui paura sùbita sgagliarda,

28   che per veder non indugia il partire:
      et vidi dietro a noi un diavol nero
      correndo su per lo scoglio venire.

31   Ahi, quanto elli era ne l' aspetto fiero!
      et quanto mi parea ne l' atto acerbo,
      con l' ali aperte, et sovra il piè leggiero!

34   L' omero suo, ch' era acuto et superbo,
      carcava un peccator con ambo l' anche,
      et quei tenea de' piè ghermito il nerbo.

37   Del nostro ponte disse: «O Malebranche,
      ecco un de li ançian di Santa Çita!
      Mettetel sotto, ch' io torno per anche

40   a quella terra che ne è ben fornita:
      ognun v' è barattier, fuor che Bonturo;
      del *no*, per li danar, vi si fa *ita*.»

43   Là giù il buttò, et per lo scoglio duro
      si volse, et mai non fu mastino sciolto
      con tanta fretta a seguitar lo furo.

46   El s' attuffò, et tornò su convolto;
      ma i demon, che del ponte avean coperchio,
      gridâr: «Qui non ha loco il Santo Volto!

49   Qui si nuota altrimenti che nel Serchio;
      però se tu non vuoi de' nostri graffi,
      non far sopra la pegola soperchio.»

52 Poi l' addentâr con più di cento raffi;
   disser: «Coverto convien che qui balli,
   sì che, se puoi, nascosamente accaffi.»

55 Non altrimenti i cuochi a' lor vassalli
   fanno attuffare in meçço la caldaia
   la carne con li uncin, perchè non galli.

58 Lo buon maestro: «Acciò che non si paia
   che tu ci sie,» mi disse, «giù t' acquatta
   dopo uno scheggio, che alcun schermo t'àia;

61 et per nulla offension che mi sia fatta,
   non temer tu, ch' i' ho le cose conte,
   perchè altra volta fui a tal baratta.»

64 Poscia passò di là dal co del ponte;
   et com' el giunse in su la ripa sesta,
   mestier li fu d' aver sicura fronte.

67 Con quel furor et con quella tempesta
   ch' escono i cani in dosso al poverello,
   che di subito chiede ove s' arresta;

70 usciron quei di sotto al ponticello,
   et volser contra lui tutti i roncigli;
   ma el gridò: «Nessun di voi sia fello!

73 Innançi che l' uncin vostro mi pigli,
   traggasi avanti l'un di voi che m' oda,
   et poi d' arroncigliarmi si consigli.»

76 Tutti gridaron: «Vada Malacoda!»
   per che un si mosse, et li altri stetter fermi,
   et venne a lui dicendo: «Ch' egli approda?»

79 «Credi tu, Malacoda, qui vedermi
   esser venuto,» disse il mio maestro,
   «sicuro già da tutti i vostri schermi,

82 sança voler divino et fato destro?
　　Lasciane andar, chè nel cielo è voluto
　　ch' io mostri altrui questo cammin silvestro.»

85 Allor li fu l' orgoglio sì caduto,
　　che si lasciò cascar l' uncino ai piedi,
　　et disse a li altri: «Omai non sia feruto.»

88 E 'l duca mio a me: «O tu, che siedi
　　tra li scheggion del ponte quatto quatto,
　　sicuramente omai a me ti riedi.»

91 Per ch' io mi mossi, et a lui venni ratto;
　　e i diavoli si fecer tutti avanti,
　　sì ch' io temetti ch' ei tenesser patto.

94 Et così vid' io già temer li fanti
　　che uscivan patteggiati di Caprona,
　　veggendo sè tra nimici cotanti.

97 Io m' accostai con tutta la persona
　　lungo il mio duca, et non torceva li occhi
　　da la sembiança lor, ch' era non buona.

100 Ei chinavan li raffi, et «Vuoi che 'l tocchi,»
　　diceva l' un con l' altro, «in sul groppone?»
　　Et rispondean: «Sì, fa' che gliele accocchi.»

103 Ma quel demonio che tenea sermone
　　col duca mio, si volse tutto presto
　　et disse: «Posa, posa, Scarmiglione.»

106 Poi disse a noi: «Più oltre andar per questo
　　scoglio non si può, però che giace
　　tutto speçcato al fondo l' arco sesto.

109 Et se l' andare avanti pur vi piace,
　　andatevene su per questa grotta;
　　presso è un altro scoglio che via face.

112 Ier, più oltre cinque ore che quest'otta,
        mille dugento con sessanta sei
        anni compiè, che qui la via fu rotta.

115 Io mando verso là di questi miei
        a riguardar s'alcun se ne sciorina:
        gite con lor, ch'ei non saranno rei.»

118 «Tràiti avanti, Alichino et Calcabrina,»
        cominciò elli a dire, «et tu, Cagnaçço,
        et Barbariccia guidi la decina.

121 Libicocco vegna oltre, et Draghignaçço,
        Ciriatto sannuto, et Graffiacane,
        et Farfarello, et Rubicante paçço.

124 Cercate intorno le bollienti pane;
        costor sien salvi insino a l'altro scheggio,
        che tutto intero va sovra le tane.»

127 «O me, maestro, che è quel che io veggio?»
        diss'io: «deh! sança scorta andiamci soli,
        se tu sa' ir, ch'io per me non la chieggio.

130 Se tu se' sì accorto, come suoli,
        non vedi tu ch'ei digrignan li denti,
        et con le ciglia ne minaccian duoli?»

133 Et elli a me: «Non vo' che tu paventi:
        lasciali digrignar pure a lor senno,
        ch'ei fanno ciò per li lessi dolenti.»

136 Per l'argine sinistro volta dienno;
        ma prima avea ciascun la lingua stretta
        coi denti verso lor duca per cenno;

139 Et egli avea del cul fatto trombetta.

*Canto ventesimosecondo, nel quale abomina quelli di Sar-
digna et tratta alcuna cosa de la sagacitade de' barattieri
in persona d'uno navarrese ed è de' barattieri medesimi questo
canto.*

CANTO VENTESIMOSECONDO

Io vidi già cavalier muover campo,
  et cominciare stormo et far lor mostra,
  et talvolta partir per loro scampo;
4 corridor vidi per la terra vostra,
  o Aretini, et vidi gir gualdane,
  ferir torneamenti, et correr giostra,
7 quando con trombe, et quando con campane,
  con tamburi et con cenni di castella,
  et con cose nostrali et con istrane;
10 nè già con sì diversa cennamella
  cavalier vidi muover, nè pedoni,
  nè nave a segno di terra o di stella.
13 Noi andavam con li dieci dimoni;
  ahi, fiera compagnia! ma ne la chiesa
  coi santi, et in taverna coi ghiottoni.
16 Pure a la pegola era la mia intesa,
  per veder de la bolgia ogni contegno,
  et de la gente ch' entro v' era incesa.
19 Come i delfini, quando fanno segno
  ai marinar con l' arco de la schiena,
  che s' argomentin di campar lor legno;

108

22   talor così ad alleggiar la pena
        mostrava alcun dei peccatori il dosso,
        et nascondeva in men che non balena.

25   Et come a l' orlo de l' acqua d' un fosso
        stanno i ranocchi pur col muso fuori,
        sì che celano i piedi et l' altro grosso;

28   sì stavan d' ogni parte i peccatori;
        ma come s' appressava Barbariccia,
        così si ritraean sotto i bollori.

31   Io vidi, et anco il cor me n' accapriccia,
        uno aspettar così, com' elli incontra
        che una rana rimane, et altra spiccia.

34   Et Graffiacan, che gli era più d' incontra,
        gli arrungiò le impegolate chiome,
        et trassel su, che mi parve una lontra.

37   Io sapea già di tutti quanti il nome,
        sì li notai quando furono eletti,
        et poi che si chiamaro, attesi come.

40   «O Rubicante, fa' che tu li metti
        li unghioni addosso, sì che tu lo scuoi,»
        gridavan tutti insieme i maledetti.

43   Et io: «Maestro mio, fa', se tu puoi,
        che tu sappi chi è lo sciagurato
        venuto a man de li avversari suoi.»

46   Lo duca mio li s' accostò allato,
        domandollo ond' ei fosse, et quei rispuose:
        «Io fui del regno di Navarra nato.

49   Mia madre a servo d' un signor mi puose,
        chè m' avea generato d' un ribaldo,
        distruggitor di sè et di sue cose.

52   Poi fui famiglio del buon re Tebaldo;
       quivi mi misi a far barattería,
       di che io rendo ragione in questo caldo.»

55   Et Ciriatto, a cui di bocca uscìa
       d' ogni parte una sanna come a porco,
       gli fe' sentir come l' una sdruscìa.

58   Tra male gatte era venuto il sorco;
       ma Barbariccia il chiuse con le braccia,
       et disse: «State in là, mentr' io lo inforco.»

61   Et al maestro mio volse la faccia:
       «Domanda,» disse, «ancor, se più disii
       saper da lui, prima ch' altri il disfaccia.»

64   Lo duca dunque: «Or di': de li altri rii
       conosci tu alcun che sia Latino
       sotto la pece?» Et quelli: «Io mi partii,

67   poco è, da un che fu di là vicino;
       così foss' io ancor con lui coperto,
       ch' io non temerei unghia nè uncino.»

70   Et Libicocco: «Troppo avem sofferto,»
       disse, et preseli il braccio col runciglio,
       sì che, stracciando, ne portò un lacerto.

73   Draghignaçço anco i volle dar di piglio
       giuso a le gambe; onde il decurio loro
       si volse intorno intorno con mal piglio.

76   Quand' elli un poco rappaciati foro,
       a lui, che ancor mirava sua ferita,
       domandò il duca mio sança dimoro:

79   «Chi fu colui, da cui mala partita
       di' che facesti per venire a proda?»
       Et ei rispuose: «Fu frate Gomita,

82 quel di Gallura, vasel d' ogni froda,
      ch' ebbe i nimici di suo donno in mano,
      et fe' sì lor, che ciascun se ne loda.
85 Denar si tolse, et lasciolli di piano,
      sì com' ei dice; et ne li altri offici anche
      barattier fu non picciol, ma sovrano.
88 Usa con esso donno Michel Çanche
      di Logodoro; et a dir di Sardigna
      le lingue lor non si sentono stanche.
91 O me! vedete l' altro che digrigna:
      io direi anco; ma io temo ch' ello
      non s' apparecchi a grattarmi la tigna.»
94 E 'l gran proposto, volto a Farfarello
      che stralunava li occhi per ferire,
      disse: «Fatti in costà, malvagio uccello!»
97 «Se voi volete vedere o udire,»
      ricominciò lo spaurato appresso,
      «Toschi o Lombardi, io ne farò venire.
100 Ma stien le male branche un poco in cesso,
      sì ch' ei non teman de le lor vendette;
      et io, sedendo in questo loco stesso,
103 per un ch' io son, ne farò venir sette,
      quand' io sufolerò, com' è nostr' uso
      di fare allor che fuori alcun si mette.
106 Cagnaçço a cotal moto levò il muso,
      crollando il capo, et disse: «Odi maliçia
      ch' elli ha pensata per gittarsi giuso.»
109 Ond' ei, ch' avea lacciuoli a gran diviçia,
      rispuose: «Maliçioso son io troppo,
      quand' io procuro a' miei maggior tristiçia.»

111

112   Alichin non si tenne, et di rintoppo
       a li altri, disse a lui: «Se tu ti cali,
       io non ti verrò dietro di galoppo,

115   ma batterò sovra la pece l' ali:
       lascisi il colle, et sia la ripa scudo
       a veder se tu sol più di noi vali.»

118   O tu che leggi, udirai nuovo ludo!
       Ciascun da l' altra costa li occhi volse;
       quel prima, ch' a ciò fare era più crudo.

121   Lo Navarrese ben suo tempo colse;
       fermò le piante a terra, et in un punto
       saltò, et dal proposto lor si sciolse.

124   Di che ciascun di colpa fu compunto,
       ma quei più, che cagion fu del difetto;
       però si mosse, et gridò: «Tu se' giunto!»

127   Ma poco i valse: chè l' ali al sospetto
       non potero avançar: quelli andò sotto,
       et quei driççò, volando suso il petto:

130   non altrimenti l' anitra di botto,
       quando il falcon s' appressa, giù s' attuffa,
       et ei ritorna su crucciato et rotto.

133   Irato Calcabrina de la buffa,
       volando dietro li tenne, invaghito
       che quei campasse, per aver la çuffa.

136   Et come il barattier fu disparito,
       così volse li artigli al suo compagno,
       et fu con lui sopra il fosso ghermito.

139   Ma l' altro fu bene sparvier grifagno
       ad artigliar ben lui, et ambedue
       cadder nel meçço del bogliente stagno.

142   Lo caldo sghermitor subito fue;
       ma però di levarsi era niente,
       sì aveano inviscate l' ali sue.
145   Barbariccia, con li altri suoi dolente,
       quattro ne fe' volar da l' altra costa
       con tutti i raffi, et assai prestamente
148   di qua, di là discesero a la posta:
       porser li uncini verso l' impaniati,
       ch' eran già cotti dentro da la crosta;
151   et noi lasciammo lor così impacciati.

Canto ventesimoterço, nel quale tratta de la divina vendetta contra l'ipocriti, del qual peccato, sotto il vocabolo di due cittadini di Bologna, abomina l'autore i Bolognesi et li Giudei sotto il nome d'Anna et di Caifas, et qui è la quinta bolgia.

CANTO VENTESIMOTERÇO

Taciti, soli et sança compagnia
n' andavam l' un dinançi et l' altro dopo,
come frati minor vanno per via.

4   Volto era in su la favola d' Isopo
lo mio pensier per la presente rissa,
dov' el parlò de la rana et del topo;

7   chè più non si pareggia mo et issa,
che l' un con l' altro fa, se ben s' accoppia
principio et fine con la mente fissa.

10   Et come l' un pensier de l' altro scoppia,
così nacque di quello un altro poi,
che la prima paura mi fe' doppia.

13   Io pensava così: «Questi per noi
sono scherniti, et con danno et con beffa
sì fatta, ch' assai credo che lor nòi.

16   Se l' ira sovra il mal voler s' aggueffa,
ei ne verranno dietro più crudeli
che 'l cane a quella lepre ch' elli acceffa.»

19   Già mi sentia tutti arricciar li peli
de la paura, et stava indietro intento,
quando io dissi: «Maestro, se non celi

114

22 te et me tostamente, i' ho pavento
di Malebranche: noi li avem già dietro;
io l'imagino sì, che già li sento.»

25 Et quei: «S' io fossi d' impiombato vetro,
l' imagine di fuor tua non trarrei
più tosto a me, che quella dentro impetro.

28 Pur mo venian li tuoi pensier tra i miei
con simile atto et con simile faccia,
sì che d' entrambi un sol consiglio fei.

31 S' elli è che sì la destra costa giaccia,
che noi possiam ne l' altra bolgia scendere,
noi fuggirem l' imaginata caccia.»

34 Già non compiè di tal consiglio rendere,
ch' io li vidi venir con l' ali tese,
non molto lungi, per volerne prendere.

37 Lo duca mio di subito mi prese,
come la madre ch' al romore è desta,
et vede presso a sè le fiamme accese,

40 che prende il figlio et fugge et non s' arresta,
avendo più di lui che di sè cura,
tanto che solo una camicia vesta;

43 et giù dal collo de la ripa dura
supin si diede a la pendente roccia,
che l' un dei lati a l' altra bolgia tura.

46 Non corse mai sì tosto acqua per doccia
a volger rota di molin terragno,
quand' ella più verso le pale approccia,

49 come il maestro mio per quel vivagno,
portandosene me sovra il suo petto
come suo figlio, non come compagno.

52 Appena fur li piè suoi giunti al letto
      del fondo giù, ch' ei furono in sul colle
      sovresso noi; ma non gli era sospetto;

55 chè l' alta Provvidença, che lor volle
      porre ministri de la fossa quinta,
      poder di partirs' indi a tutti tolle.

58 Là giù trovammo una gente dipinta,
      che giva intorno assai con lenti passi
      piangendo, et nel sembiante stanca et vinta.

61 Elli avean cappe con cappucci bassi
      dinançi a li occhi, fatti de la taglia
      che in Cologna per li monaci fassi.

64 Di fuor dorate son, sì ch' egli abbaglia;
      ma dentro tutte piombo, et gravi tanto,
      che Federigo le mettea di paglia.

67 O in eterno faticoso manto!
      Noi ci volgemmo ancor pure a man manca
      con loro insieme, intenti al tristo pianto;

70 ma per lo peso quella gente stanca
      venìa sì pian, che noi eravam nuovi
      di compagnia ad ogni muover d' anca.

73 Per ch' io al duca mio: «Fa' che tu trovi
      alcun ch' al fatto o al nome si conosca,
      et li occhi sì andando intorno movi.»

76 Et un che intese la parola tosca
      diretro a noi gridò: «Tenete i piedi,
      voi che correte sì per l' aura fosca!

79 Forse ch' avrai da me quel che tu chiedi.»
      Onde il duca si volse et disse: «Aspetta,
      et poi secondo il suo passo procedi.»

82   Ristetti, et vidi due mostrar gran fretta
      de l' animo, col viso, d' esser meco;
      ma tardavali il carco et la via stretta.

85   Quando fur giunti, assai con l' occhio bieco
      mi rimiraron sança far parola;
      poi si volsero in sè, et dicean seco:

88   «Costui par vivo a l' atto de la gola:
      et s' ei son morti, per qual privilegio
      vanno scoperti de la grave stola?»

91   Poi disser me: «O Tosco, che al collegio
      de l' ipocriti tristi se' venuto,
      dir chi tu sei non avere in dispregio.»

94   Et io a loro: «Io fui nato et cresciuto
      sovra il bel fiume d' Arno a la gran villa,
      et son col corpo ch' i' ho sempre avuto.

97   Ma voi chi siete, a cui tanto distilla,
      quant' io veggio, dolor giù per le guance,
      et che pena è in voi che sì sfavilla?»

100   Et l' un rispuose a me: «Le cappe rance
      son di piombo sì grosse, che li pesi
      fan così cigolar le lor bilance.

103   Frati Godenti fummo, et Bolognesi;
      io Catalano, et questi Loderingo
      nomati, et da tua terra insieme presi,

106   come suole esser tolto un uom solingo
      per conservar sua pace, et fummo tali
      che ancor si pare intorno dal Gardingo.»

109   Io cominciai: «O frati, i vostri mali...»
      ma più non dissi; che a l' occhio mi corse
      un, crocifisso in terra con tre pali.

112 Quando mi vide, tutto si distorse,
soffiando ne la barba co' sospiri:
e 'l frate Catalan che a ciò s' accorse,

115 mi disse: «Quel confitto che tu miri,
consigliò i Farisei, che convenia
porre un uom per lo popolo a' martiri.

118 Attraversato et nudo è ne la via,
come tu vedi, et è mestier ch' ei senta
qualunque passa, com' ei pesa, pria.

121 Et a tal modo il suocero si stenta
in questa fossa, et li altri del concilio
che fu per li Giudei mala sementa.»

124 Allor vid' io maravigliar Virgilio
sovra colui ch' era disteso in croce
tanto vilmente ne l' eterno esilio.

127 Poscia driççò al frate cotal voce:
«Non vi dispiaccia, se vi lece, dirci
se a la man destra giace alcuna foce,

130 onde noi ambedue possiamo uscirci
sança costringer de li angeli neri,
che vegnan d' esto fondo a dipartirci.»

133 Rispuose adunque: «Più che tu non speri,
s' appressa un sasso, che da la gran cerchia
si muove, et varca tutti i vallon feri,

136 salvo ch' a questo è rotto, et nol coperchia:
montar potrete su per la ruina,
che giace in costa, et nel fondo soperchia.»

139 Lo duca stette un poco a testa china;
poi disse: «Mal contava la bisogna
colui che i peccator di là uncina.»

142   E 'l frate: «Io udi' già dire a Bologna
       del diavol viçii assai, tra i quali udi'
       ch' elli è bugiardo, et padre di mençogna.»
145   Appresso il duca a gran passi sen gì,
       turbato un poco d' ira nel sembiante:
       ond' io da l' incarcati mi parti'
148   dietro a le poste de le care piante.

Canto ventesimoquarto, ove tratta de le pene che puniscono li furti, dove trattando de' ladroni sgrida contra Pistolesi sotto il vocabolo di Vanni Fucci, per la cui lingua antidice del tempo futuro et è la sesta bolgia.

CANTO VENTESIMOQUARTO

In quella parte del giovinetto anno,
    che il sole i crin sotto l' Aquario tempra,
    et già le notti al meçço dì sen vanno;

4   quando la brina in su la terra assempra
    l' imagine di sua sorella bianca,
    ma poco dura a la sua penna tempra;

7   lo villanello, a cui la roba manca,
    si leva et guarda, et vede la campagna
    biancheggiar tutta, ond' ei si batte l' anca;

10   ritorna in casa, et qua et là si lagna,
    come il tapin che non sa che si faccia;
    poi riede, et la sperança ringavagna,

13   veggendo il mondo aver cangiata faccia
    in poco d' ora, et prende suo vincastro,
    et fuor le pecorelle a pascer caccia;

16   così mi fece sbigottir lo mastro,
    quand' io li vidi sì turbar la fronte,
    et così tosto al mal giunse lo empiastro.

19   Chè come noi venimmo al guasto ponte,
    lo duca a me si volse con quel piglio
    dolce, ch' io vidi prima a piè del monte.

22   Le braccia aperse, dopo alcun consiglio
       eletto seco, riguardando prima
       ben la ruina; et diedemi di piglio.

25   Et come quei che adopera et estima,
       che sempre par che innançi si proveggia;
       così, levando me su ver la cima

28   d' un ronchion, avvisava un' altra scheggia,
       dicendo: «Sovra quella poi t' aggrappa;
       ma tenta pria s' è tal, ch' ella ti reggia.»

31   Non era via da vestito di cappa,
       chè noi a pena, ei lieve, et io sospinto,
       potevam su montar di chiappa in chiappa.

34   Et se non fosse che da quel precinto,
       più che da l' altro, era la costa corta,
       non so di lui, ma io sarei ben vinto.

37   Ma perchè Malebolge in ver la porta
       del bassissimo poçço tutta pende,
       lo sito di ciascuna valle porta

40   che l' una costa surge et l' altra scende;
       noi pur venimmo alfine in su la punta
       onde l' ultima pietra si scoscende.

43   La lena m' era del polmon sì munta,
       quando fui su, ch' io non potea più oltre;
       ançi mi assisi ne la prima giunta.

46   «Omai convien che tu così ti spoltre,»
       disse il maestro, «chè seggendo in piuma
       in fama non si vien, nè sotto coltre;

49   sança la qual chi sua vita consuma,
       cotal vestigio in terra di sè lascia,
       qual fummo in aere et in acqua la schiuma.

52 Et però leva su, vinci l' ambascia
        con l' animo che vince ogni battaglia,
        se col suo grave corpo non s' accascia.

55 Più lunga scala convien che si saglia:
        non basta da costoro esser partito:
        se tu m' intendi, or fa' sì che ti vaglia.»

58 Leva' mi allor, mostrandomi fornito
        meglio di lena ch' io non mi sentia;
        et dissi: «Va', ch' io son forte et ardito.»

61 Su per lo scoglio prendemmo la via,
        ch' era ronchioso, stretto et malagevole,
        et erto più assai che quel di pria.

64 Parlando andava per non parer fievole;
        onde una voce uscìo da l' altro fosso,
        a parole formar disconvenevole.

67 Non so che disse, ancor che sovra il dosso
        fossi de l' arco già che varca quivi;
        ma chi parlava, ad ira parea mosso.

70 Io era vòlto in giù, ma li occhi vivi
        non potean ire al fondo per l' oscuro;
        perch' io: «Maestro, fa' che tu arrivi

73 da l' altro cinghio, et dismontiam lo muro;
        chè, com' i' odo quinci et non intendo,
        così giù veggio, et niente affiguro.»

76 «Altra risposta,» disse, «non ti rendo,
        se non lo far; chè la dimanda onesta
        si dee seguir con l' opera tacendo.»

79 Noi discendemmo il ponte da la testa,
        dove s' aggiugne con l' ottava ripa,
        et poi mi fu la bolgia manifesta;

82   et vidivi entro terribile stipa
        di serpenti, et di sì diversa mena,
        che la memoria il sangue ancor mi scipa.

85   Più non si vanti Libia con sua rena;
        chè, se chelidri, iaculi et faree
        produce, et cencri con amfisibena,

88   nè tante pestilençie nè sì ree
        mostrò già mai con tutta l'Etiopia,
        nè con ciò che di sopra il Mar Rosso èe.

91   Tra questa cruda et tristissima copia
        correvan genti nude et spaventate,
        sança sperar pertugio o elitropia.

94   Con serpi le man dietro avean legate;
        quelle ficcavan per le ren la coda
        e 'l capo, et eran dinançi aggroppate.

97   Et ecco ad un, ch' era da nostra proda,
        s' avventò un serpente, che il trafisse
        là dove il collo a le spalle s' annoda.

100   Nè O sì tosto mai, nè I si scrisse,
        com' el s' accese et arse, et cener tutto
        convenne che cascando divenisse;

103   et poi che fu a terra sì distrutto,
        la polver si raccolse per sè stessa,
        et in quel medesmo ritornò di butto.

106   Così per li gran savi si confessa,
        che la Fenice more et poi rinasce,
        quando al cinquecentesimo anno appressa.

109   Erba nè biado in sua vita non pasce,
        ma sol d' incenso lagrime et amomo;
        et nardo et mirra son l' ultime fasce.

112   Et qual è quei che cade, et non sa como,
      per força di demon ch' a terra il tira,
      o d' altra oppilaçion che lega l' uomo,

115   quando si leva, che intorno si mira
      tutto smarrito da la grande angoscia
      ch' elli ha sofferta, et guardando sospira;

118   tal era il peccator levato poscia.
      O potença di Dio quanto se' vera,
      che cotai colpi per vendetta croscia!

121   Lo duca il domandò poi chi elli era:
      per ch' ei rispuose: «Io piovvi di Toscana,
      poco tempo è, in questa gola fera.

124   Vita bestial mi piacque, et non umana,
      sì come a mul ch' io fui; son Vanni Fucci,
      bestia, et Pistoia mi fu degna tana.»

127   Et io al duca: «Dilli che non mucci,
      et dimanda qual colpa qua giù il pinse;
      ch' io il vidi uomo di sangue et di crucci.»

130   E 'l peccator, che intese, non s' infinse,
      ma driççò verso me l' animo e 'l volto,
      et di trista vergogna si dipinse;

133   poi disse: «Più mi duol che tu m' hai còlto
      ne la miseria dove tu mi vedi,
      che quando fui de l' altra vita tolto.

136   Io non posso negar quel che tu chiedi;
      in giù son messo tanto, perchè io fui
      ladro a la sagrestia de' belli arredi;

139   et falsamente già fu apposto altrui.
      Ma perchè di tal vista tu non godi,
      se mai sarai di fuor de' lochi bui,

142   apri li orecchi al mio annunçio, et odi:
       Pistoia in pria di Negri si dimagra,
       poi Fiorença rinnova genti et modi.

145   Tragge Marte vapor di Val di Magra
       ch' è di torbidi nuvoli involuto,
       et con tempesta impetuosa et agra

148   sovra Campo Picen fia combattuto;
       ond' ei repente speççerà la nebbia,
       sì ch' ogni Bianco ne sarà feruto.

151   Et detto l' ho, perchè doler ti debbia!»

CANTO VENTESIMOQUINTO

Al fine de le sue parole il ladro
    le mani alçò con ambedue le fiche,
    gridando:«Togli, Iddio, ch'a te le squadro!»

4   Da indi in qua mi fur le serpi amiche,
    perch'una li s'avvolse allora al collo,
    come dicesse: «Io non vo' che più diche;»

7   et un'altra a le braccia, et rilegollo
    ribadendo sè stessa sì dinançi,
    che non potea con esse dare un crollo.

10   Ahi, Pistoia, Pistoia, chè non stançi
    d'incenerarti, sì che più non duri,
    poi che in mal far lo seme tuo avançi?

13   Per tutti i cerchi de l'Inferno oscuri
    non vidi spirto in Dio tanto superbo,
    non quel che cadde a Tebe giù da' muri.

16   El si fuggì, che non parlò più verbo:
    et io vidi un Centauro pien di rabbia
    venir chiamando: «Ov'è, ov'è l'acerbo?»

19   Maremma non cred'io che tante n'abbia,
    quante bisce elli avea su per la groppa,
    infin dove comincia nostra labbia.

22   Sovra le spalle, dietro da la coppa,
    con l'ali aperte li giacea un draco;
    et quello affoca qualunque s'intoppa.

25 Lo mio maestro disse: «Quelli è Caco,
     che sotto il sasso di monte Aventino
     di sangue fece spesse volte laco.

28 Non va co' suoi fratei per un cammino,
     per lo furto che frodolente fece
     del grande armento ch' elli ebbe a vicino;

31 onde cessâr le sue opere biece
     sotto la maçça d' Ercole, che forse
     liene diè cento, et non sentì le diece.»

34 Mentre che sì parlava, et el trascorse,
     et tre spiriti venner sotto noi,
     de' quai nè io nè il duca mio s' accorse,

37 se non quando gridâr: «Chi siete voi?»
     per che nostra novella si ristette,
     et intendemmo pure ad essi poi.

40 Io non li conoscea; ma ei seguette,
     come suol seguitar per alcun caso,
     che l' un nomare un altro convenette,

43 dicendo: «Cianfa dove fia rimaso?»
     per ch' io, acciò che il duca stesse attento,
     mi posi il dito su dal mento al naso.

46 Se tu sei or, lettore, a creder lento
     ciò ch' io dirò, non sarà maraviglia,
     chè io che il vidi, appena il mi consento.

49 Com' io tenea levate in lor le ciglia,
     et un serpente con sei piè si lancia
     dinançi a l' uno, et tutto a lui s' appiglia;

52 coi piè di meçço li avvinse la pancia,
     et con li anterior le braccia prese;
     poi li addentò et l' una et l' altra guancia.

55 Li diretani a le cosce distese,
   et miseli la coda tra ambedue,
   et dietro per le ren su la ritese.

58 Ellera abbarbicata mai non fue
   ad arbor sì, come l' orribil fiera
   per l' altrui membra avviticchiò le sue.

61 Poi s' appiccâr, come di calda cera
   fossero stati, et mischiâr lor colore;
   nè l' un nè l' altro già parea quel ch' era;

64 come procede innançi da l' ardore
   per lo papiro suso un color bruno,
   che non è nero ancora, e 'l bianco more.

67 Li altri due riguardavano, et ciascuno
   gridava: «O me, Agnèl, come ti muti!
   vedi che già non sei nè due nè uno.»

70 Già eran li due capi un divenuti,
   quando n' apparver due figure miste
   in una faccia, ov' eran due perduti.

73 Fêrsi le braccia due di quattro liste;
   le cosce con le gambe, il ventre e 'l casso
   divenner membra che non fur mai viste.

76 Ogni primaio aspetto ivi era casso:
   due et nessun l' imagine perversa
   parea, et tal sen gìa con lento passo.

79 Come il ramarro, sotto la gran fersa
   de' dì canicular, cangiando siepe,
   folgore par se la via attraversa;

82 così parea, venendo verso l' epe
   de li altri due, un serpentello acceso,
   livido et nero come gran di pepe.

85 Et quella parte, donde prima è preso
    nostro alimento, a l' un di lor trafisse;
    poi cadde giuso innançi lui disteso.

88 Lo trafitto il mirò, ma nulla disse;
    ançi co' piè fermati sbadigliava,
    pur come sonno o febbre l' assalisse.

91 Egli il serpente, et quei lui riguardava;
    l' un per la piaga, et l' altro per la bocca
    fummavan forte, e 'l fummo si scontrava.

94 Taccia Lucano omai, là dove tocca
    del misero Sabello et di Nassidio,
    et attenda ad udir quel ch' or si scocca.

97 Taccia di Cadmo et d' Aretusa Ovidio;
    chè, se quello in serpente, et quella in fonte
    converte poetando, io non lo invidio:

100 chè due nature mai a fronte a fronte
    non trasmutò, sì ch' ambedue le forme
    a cambiar lor matera fosser pronte.

103 Insieme si rispuosero a tai norme,
    che il serpente la coda in forca fesse,
    e 'l feruto ristrinse insieme l' orme.

106 Le gambe con le cosce seco stesse
    s' appiccâr sì, che in poco la giuntura
    non facea segno alcun che si paresse.

109 Togliea la coda fessa la figura
    che si perdeva là, et la sua pelle
    si facea molle, et quella di là dura.

112 Io vidi entrar le braccia per l' ascelle,
    et i due piè de la fiera, ch' eran corti,
    tanto allungar quanto accorciavan quelle.

115   Poscia li piè diretro, insieme attorti,
        diventaron lo membro che l' uom cela,
        e 'l misero del suo n' avea due pòrti.

118   Mentre che il fummo l' uno et l' altro vela
        di color nuovo, et genera il pel suso
        per l' una parte, et da l' altra il dipela,

121   l' un si levò, et l' altro cadde giuso,
        non torcendo però le lucerne empie,
        sotto le quai ciascun cambiava muso.

124   Quel ch' era dritto, il trasse ver le tempie;
        et di troppa matera che in là venne,
        uscîr li orecchi de le gote scempie:

127   ciò che non corse indietro et si ritenne
        di quel soverchio, fe' naso a la faccia,
        et le labbra ingrossò quanto convenne.

130   Quel che giacea, il muso innançi caccia,
        et li orecchi ritira per la testa,
        come face le corna la lumaccia;

133   et la lingua, che avea unita et presta
        prima a parlar, si fende, et la forcuta
        ne l' altro si richiude, e 'l fummo resta.

136   L' anima ch' era fiera divenuta,
        sufolando si fugge per la valle,
        et l' altro dietro a lui parlando sputa.

139   Poscia li volse le novelle spalle,
        et disse a l' altro: «Io vo' che Buoso corra,
        com' ho fatt' io, carpon per questo calle.»

142   Così vid' io la settima çavorra
        mutare et trasmutare; et qui mi scusi
        la novità, se fior la penna abborra.

145   Et avvegna che li occhi miei confusi
        fossero alquanto, et l' animo smagato,
        non potêr quei fuggirsi tanto chiusi,
148   ch' io non scorgessi ben Puccio Sciancato:
        et era quel che sol, de' tre compagni
        che venner prima, non era mutato;
151   l' altro era quel che tu, Gaville, piagni.

CANTO VENTESIMOSESTO

Godi, Fiorença, poi che sei sì grande
che per mare et per terra batti l' ali,
et per lo Inferno il tuo nome si spande!

4   Tra li ladron trovai cinque cotali
tuoi cittadini, onde mi vien vergogna,
et tu in grande onrança non ne sali.

7   Ma, se presso al mattin del ver si sogna,
tu sentirai di qua da picciol tempo
di quel che Prato, non ch' altri, t' agogna.

10   Et se già fosse, non saria per tempo;
così foss' ei, da che pure esser dee:
chè più mi graverà, com' più m' attempo.

13   Noi ci partimmo, et su per le scalee,
che n' avean fatte i borni a scender pria,
rimontò il mio maestro, et trasse mee.

16   Et proseguendo la solinga via
tra le schegge et tra' rocchi de lo scoglio,
lo piè sança la man non si spedia.

19   Allor mi dolsi, et ora mi ridoglio,
quand' io driçço la mente a ciò ch' io vidi;
et più lo ingegno affreno ch' io non soglio,

22   perchè non corra che virtù nol guidi:
        sì che se stella buona, o miglior cosa
        m' ha dato il ben, ch' io stesso nol m' invidi.

25   Quante il villan, ch' al poggio si riposa,
        nel tempo che colui che il mondo schiara
        la faccia sua a noi tien meno ascosa,

28   come la mosca cede a la çançara,
        vede lucciole giù per la vallea,
        forse colà dove vendemmia et ara;

31   di tante fiamme tutta risplendea
        l' ottava bolgia, sì com' io m' accorsi,
        tosto ch' io fui là 've il fondo parea.

34   Et qual colui che si vengiò con li orsi
        vide il carro d' Elia al dipartire,
        quando i cavalli al cielo erti levôrsi,

37   chè nol potea sì con li occhi seguire
        ch' el vedesse altro che la fiamma sola,
        sì come nuvoletta, in su salire;

40   tal si movea ciascuna per la gola
        del fosso, chè nessuna mostra il furto,
        et ogni fiamma un peccatore invola.

43   Io stava sovra il ponte a veder surto,
        sì, che s' io non avessi un ronchion preso,
        caduto sarei giù sança esser urto.

46   E 'l duca, che mi vide tanto atteso,
        disse: «Dentro dai fochi son li spirti:
        ciascun si fascia di quel ch' elli è inceso.»

49   «Maestro mio,» rispuos' io, «per udirti
        son io più certo; ma già m' era avviso
        che così fosse, et già volea dirti:

52   chi è in quel foco, che vien sì diviso
di sopra, che par surger de la pira,
ov' Eteòcle col fratel fu miso?»

55   Rispuosemi: «Là dentro si martira
Ulisse et Diomede, et così insieme
a la vendetta vanno come a l' ira:

58   et dentro da la lor fiamma si geme
l' aguato del caval che fe' la porta
ond' uscì de' Romani il gentil seme.

61   Piangevisi entro l' arte per che morta
Deidamìa ancor si duol d' Achille,
et del Palladio pena vi si porta.»

64   «S' ei posson dentro da quelle faville
parlar,» diss' io, «maestro, assai ten priego
et ripriego, che il priego vaglia mille,

67   che non mi facci de l' attender niego,
fin che la fiamma cornuta qua vegna:
vedi che del disio ver lei mi piego.»

70   Et elli a me: «La tua preghiera è degna
di molta lode, et io però l' accetto;
ma fa' che la tua lingua si sostegna.

73   Lascia parlare a me, ch' io ho concetto
ciò che tu vuoi; ch' ei sarebbero schivi,
perch' ei fur Greci, forse del tuo detto.»

76   Poi che la fiamma fu venuta quivi,
dove parve al mio duca tempo et loco,
in questa forma lui parlare audivi:

79   «O voi che siete due dentro ad un foco,
s' io meritai di voi, mentre ch' io vissi,
s' io meritai di voi assai o poco,

82 quando nel mondo li alti versi scrissi,
     non vi movete; ma l' un di voi dica
     dove per lui perduto a morir gissi.»
85 Lo maggior corno de la fiamma antica
     cominciò a crollarsi, mormorando,
     pur come quella cui vento affatica;
88 indi la cima qua et là menando,
     come fosse la lingua che parlasse,
     gittò voce di fuori, et disse: «Quando
91 mi diparti' da Circe, che sottrasse
     me più d' un anno là presso a Gaeta,
     prima che sì Enea la nominasse;
94 nè dolceçça di figlio, nè la pieta
     del vecchio padre, nè il debito amore,
     lo qual dovea Penelope far lieta,
97 vincer potêr dentro da me l' ardore
     ch' i" ebbi a divenir del mondo esperto,
     et de li viçii umani et del valore:
100 ma misi me per l' alto mare aperto
     sol con un legno et con quella compagna
     picciola, da la qual non fui diserto.
103 L' un lito et l' altro vidi infin la Spagna,
     fin nel Morrocco, et l' isola de' Sardi,
     et l' altre che quel mare intorno bagna.
106 Io e i compagni eravam vecchi et tardi,
     quando venimmo a quella foce stretta
     ov' Ercole segnò li suoi riguardi,
109 acciò che l' uom più oltre non si metta:
     da la man destra mi lasciai Sibilia,
     da l' altra già m' avea lasciata Setta.

112 «O frati, dissi, che per cento milia
perigli siete giunti a l' occidente,
a questa tanto picciola vigilia

115 de' nostri sensi, ch' è del rimanente,
non vogliate negar l' esperiença,
diretro al sol, del mondo sança gente.

118 Considerate la vostra semença:
fatti non foste a viver come bruti,
ma per seguir virtute et conoscença.»

121 Li miei compagni fec' io sì aguti,
con questa oraçion picciola, al cammino,
che a pena poscia li avrei ritenuti.

124 Et vòlta nostra poppa nel mattino,
de' remi facemmo ali al folle volo,
sempre acquistando dal lato mancino.

127 Tutte le stelle già de l' altro polo
vedea la notte, e 'l nostro tanto basso,
che non surgeva fuor del marin suolo.

130 Cinque volte racceso, et tante casso
lo lume era di sotto da la luna,
poi ch' entrati eravam ne l' alto passo,

133 quando n' apparve una montagna, bruna
per la distança, et parvemi alta tanto
quanto veduta non n' aveva alcuna.

136 Noi ci allegrammo, et tosto tornò in pianto;
chè de la nova terra un turbo nacque,
et percosse del legno il primo canto.

139 Tre volte il fe' girar con tutte l' acque;
a la quarta levar la poppa in suso,
et la prora ire in giù, com' altrui piacque,

142 infin che il mar fu sovra noi richiuso.»

Canto ventesimosettimo, nel quale tratta di quelli medesimi aguatatori et mali consiglieri d'inganni in persona del conte Guido di Montefeltro.

CANTO VENTESIMOSETTIMO

Già era dritta in su la fiamma et cheta,
per non dir più, et già da noi sen gìa
con la licença del dolce poeta;

4   quando un' altra, che dietro a lei venìa,
ne fece volger li occhi a la sua cima,
per un confuso suon che fuor n' uscìa.

7   Come il bue cicilian che mugghiò prima
col pianto di colui, et ciò fu dritto,
che l' avea temperato con sua lima,

10   mugghiava con la voce de l' afflitto,
sì che, con tutto ch' ei fosse di rame,
pure el pareva dal dolor trafitto;

13   così per non aver via nè forame
dal principio del foco in suo linguaggio
si convertivan le parole grame.

16   Ma poscia ch' ebber colto lor viaggio
su per la punta, dandole quel guiçço
che dato avea la lingua in lor passaggio,

19   udimmo dire: «O tu, a cui io driçço
la voce, et che parlavi mo lombardo,
dicendo: «issa ten va, più non t' adiçço:»

137

22   perch' io sia giunto forse alquanto tardo,
       non t' incresca restare a parlar meco:
       vedi che non incresce a me, et ardo!

25   Se tu pur mo in questo mondo cieco
       caduto sei di quella dolce terra
       latina onde mia colpa tutta reco,

28   dimmi se i Romagnuoli han pace o guerra;
       ch' io fui de' monti là intra Urbino
       e 'l giogo di che 'l Tever si disserra.»

31   Io era in giuso ancora attento et chino,
       quando il mio duca mi tentò di costa,
       dicendo: «Parla tu; questi è Latino.»

34   Et io ch' avea già pronta la risposta,
       sança indugio a parlare incominciai:
       «O anima, che se' là giù nascosta,

37   Romagna tua non è, et non fu mai,
       sança guerra ne' cor de' suoi tiranni;
       ma 'n palese nessuna or vi lasciai.

40   Ravenna sta, come stata è molti anni:
       l' aguglia da Polenta là si cova
       sì, che Cervia ricopre co' suoi vanni.

43   La terra che fe' già la lunga prova
       et de' Franceschi sanguinoso mucchio,
       sotto le branche verdi si ritrova.

46   E 'l Mastin vecchio, e 'l nuovo da Verrucchio,
       che fecer di Montagna il mal governo,
       là dove soglion, fan de' denti succhio.

49   Le città di Lamone et di Santerno
       conduce il lioncel dal nido bianco,
       che muta parte da la state al verno;

52 et quella a cui il Savio bagna il fianco,
       così com' ella sie' tra il piano e 'l monte,
       tra tirannia si vive et stato franco.

55 Ora chi sei, ti priego che ne conte:
       non esser duro più ch' altri sia stato,
       se il nome tuo nel mondo tegna fronte.»

58 Poscia che il foco alquanto ebbe rugghiato
       al modo suo, l' aguta punta mosse
       di qua, di là, et poi diè cotal fiato:

61 «S' io credessi che mia risposta fosse
       a persona che mai tornasse al mondo,
       questa fiamma starìa sança più scosse:

64 ma però che già mai di questo fondo
       non tornò vivo alcun, s' i' odo il vero,
       sança tema d' infamia ti rispondo.

67 Io fui uom d' arme, et poi fui cordelliero,
       credendomi, sì cinto, fare ammenda;
       et certo il creder mio veniva intero,

70 se non fosse il gran Prete, a cui mal prenda,
       che mi rimise ne le prime colpe;
       et come et quare, voglio che m' intenda.

73 Mentre ch' io forma fui d' ossa et di polpe,
       che la madre mi diè, l' opere mie
       non furon leonine, ma di volpe.

76 Li accorgimenti et le coperte vie
       io seppi tutte; et sì menai lor arte,
       ch' al fine de la terra il suono uscie.

79 Quando mi vidi giunto in quella parte
       di mia etade, ove ciascun dovrebbe
       calar le vele et raccoglier le sarte,

82 ciò che pria mi piaceva, allor m' increbbe,
    et pentuto et confesso mi rendei;
    ahi miser lasso! et giovato sarebbe.

85 Lo principe de' nuovi Farisei,
    avendo guerra presso à Laterano,
    et non con Saracin, nè con Giudei,

88 chè ciascun suo nimico era Cristiano,
    et nessuno era stato a vincer Acri,
    nè mercatante in terra di Soldano;

91 nè sommo officio, nè ordini sacri
    guardò in sè, nè in me quel capestro
    che solea far li suoi cinti più macri.

94 Ma come Costantin chiese Silvestro
    dentro Siratti a guarir de la lebbre,
    così mi chiese questi per maestro

97 a guarir de la sua superba febbre:
    domandommi consiglio, et io tacetti,
    perchè le sue parole parver ebbre.

100 Et poi mi disse: «Tuo cor non sospetti;
    fin or t' assolvo, et tu m' insegna fare
    sì come Penestrino in terra getti.

103 Lo ciel poss' io serrare et disserrare,
    come tu sai; però son due le chiavi,
    che il mio antecessor non ebbe care.»

106 Allor mi pinser li argomenti gravi
    là 've il tacer mi fu avviso il peggio,
    et dissi: «Padre, da che tu mi lavi

109 di quel peccato, ov' io mo cader deggio,
    lunga promessa con l' attender corto
    ti farà trionfar ne l' alto seggio.»

112 Francesco venne poi, com' io fui morto,
    per me; ma un de' neri cherubini
    li disse: «Nol portar; non mi far torto!

115 Venir se ne dee giù tra' miei meschini,
    perchè diede il consiglio frodolente,
    dal quale in qua stato li sono a' crini;

118 ch' assolver non si può chi non si pente,
    nè pentère et volere insieme puossi,
    per la contradiçion che nol consente.»

121 O me dolente! come mi riscossi,
    quando mi prese, dicendomi: «Forse
    tu non pensavi ch' io loico fossi!»

124 A Minos mi portò: et quegli attorse
    otto volte la coda al dosso duro,
    et poi che per gran rabbia la si morse,

127 disse: «Questi è de' rei del foco furo:
    per ch' io là dove vedi son perduto,
    et sì vestito andando mi rancuro.»

130 Quand' elli ebbe il suo dir così compiuto,
    la fiamma dolorando si partio,
    torcendo et dibattendo il corno aguto.

133 Noi passammo oltre, et io e 'l duca mio,
    su per lo scoglio infino in su l' altr' arco
    che copre il fosso, in che si paga il fio

136 a quei che scommettendo acquistan carco.

Canto ventesimoitavo, nel qual tratta le qualitadi de la
nona bolgia dove vide punire coloro che commisero scandali
et seminatori di scisma et d'ogni altro male operare.

CANTO VENTESIMOTTAVO

Chi poria mai pur con parole sciolte
 dicer del sangue et de le piaghe a pieno,
 ch' i' ora vidi, per narrar più volte?

4 Ogni lingua per certo verria meno
 per lo nostro sermone et per la mente,
 c' hanno a tanto comprender poco seno.

7 S' ei s' adunasse ancor tutta la gente
 che già in su la fortunata terra
 di Puglia fu del suo sangue dolente

10 per li Troiani et per la lunga guerra
 che de l' anella fe' sì alte spoglie,
 come Livio scrive, che non erra;

13 con quella che sentì di colpi doglie
 per contrastare a Roberto Guiscardo,
 et l' altra il cui ossame ancor s' accoglie

16 a Ceperan, là dove fu bugiardo
 ciascun Pugliese, et là da Tagliacoçço
 ove sanç' arme vinse il vecchio Alardo;

19 et qual forato suo membro, et qual moçço
 mostrasse, da equar sarebbe nulla
 al modo de la nona bolgia soçço.

22 Già veggia per meççul perdere o lulla,
 com' io vidi un, così non si pertugia,
 rotto dal mento infin dove si trulla:

142

25   tra le gambe pendevan le minugia;
       la corata pareva, e 'l tristo sacco
       che merda fa di quel che si trangugia.

28   Mentre che tutto in lui veder m' attacco,
       guardommi, et con le man s' aperse il petto,
       dicendo: «Or vedi come io mi dilacco!

31   Vedi come storpiato è Maometto!
       dinançi a me sen va piangendo Alì,
       fesso nel volto dal mento al ciuffetto.

34   Et tutti li altri che tu vedi qui,
       seminator di scandalo et di scisma
       fur vivi, et però son fessi così.

37   Un diavolo è qua dietro, che n' accisma
       sì crudelmente, al taglio de la spada
       rimettendo ciascun di questa risma,

40   quando avem vòlta la dolente strada;
       però che le ferite son richiuse,
       prima ch' altri dinançi li rivada.

43   Ma tu chi se' che in su lo scoglio muse,
       forse per indugiar d' ire a la pena,
       ch' è giudicata in su le tue accuse?»

46   «Nè morte il giunse ancor, nè colpa il mena,»
       rispuose il mio maestro, «a tormentarlo;
       ma per dar lui esperiença piena,

49   a me, che morto son, convien menarlo
       per lo Inferno qua giù di giro in giro;
       et questo è ver così, com' io ti parlo.»

52   Più fur di cento che, quando l' udiro,
       s' arrestaron nel fosso a riguardarmi
       per maraviglia, obbliando il martiro.

55 «Or di' a Fra Dolcin dunque che s' armi,
 tu che forse vedrai lo sole in breve,
 s' elli non vuol qui tosto seguitarmi,

58 sì di vivanda, che stretta di neve
 non rechi la vittoria al Noarese,
 ch' altrimenti acquistar non sarìa lieve.»

61 Poi che l' un piè per girsene sospese,
 Maometto mi disse esta parola;
 indi a partirsi in terra lo distese.

64 Un altro, che forata avea la gola
 et tronco il naso infin sotto le ciglia,
 et non avea ma' ch' un' orecchia sola,

67 restato a riguardar per maraviglia
 con li altri, innançi a li altri aprì la canna,
 ch' era di fuor d' ogni parte vermiglia;

70 et disse: «O tu, cui colpa non condanna,
 et cui io vidi su in terra latina,
 se troppa simigliança non m' inganna,

73 rimembriti di Pier da Medicina,
 se mai torni a veder lo dolce piano,
 che da Vercelli a Marcabò dichina.

76 Et fa' saper a' due miglior di Fano,
 a messer Guido et anco ad Angiolello
 che, se l' antiveder qui non è vano,

79 gittati saran fuor di lor vasello,
 et maççerati presso a la Cattolica,
 per tradimento d' un tiranno fello.

82 Tra l' isola di Cipri et di Maiolica
 non vide mai sì gran fallo Nettuno,
 non da pirati, non da gente argolica.

144

85   Quel traditor che vede pur con l' uno,
     et tien la terra, che tal è qui meco
     vorrebbe di vedere esser digiuno,

88   farà venirli a parlamento seco;
     poi farà sì, che al vento di Focara
     non farà lor mestier voto nè preco.»

91   Et io a lui: «Dimostrami et dichiara,
     se vuoi ch' io porti su di te novella,
     chi è colui da la veduta amara.»

94   Allor pose la mano a la mascella
     d' un suo compagno, et la bocca li aperse
     gridando: «Questi è desso, et non favella.

97   Questi, scacciato, il dubitar sommerse
     in Cesare, affermando che il fornito
     sempre con danno l' attender sofferse.»

100   Oh, quanto mi pareva sbigottito
     con la lingua tagliata ne la stroçça,
     Curio, ch' a dire fu così ardito!

103   Et un ch' avea l' una et l'altra man moçça,
     levando i moncherin per l' aura fosca,
     sì che il sangue facea la faccia soçça,

106   gridò: «Ricordera' ti anche del Mosca,
     che dissi, lasso! «Capo ha cosa fatta,»
     che fu il mal seme per la gente tosca.»

109   Et io li aggiunsi: «Et morte di tua schiatta;»
     per ch' elli accumulando duol con duolo
     sen gìo come persona trista et matta.

112   Ma io rimasi a riguardar lo stuolo,
     et vidi cosa, ch' io avrei paura,
     sança più prova, di contarla solo;

115   se non che cosciença mi assicura,
        la buona compagnia che l' uom francheggia
        sotto l' osbergo del sentirsi pura.

118   Io vidi certo, et ancor par ch' io 'l veggia,
        un busto sança capo andar, sì come
        andavan li altri de la trista greggia.

121   E 'l capo tronco tenea per le chiome,
        pèsol con mano a guisa di lanterna,
        et quel mirava noi, et dicea: «O me!»

124   Di sè faceva a sè stesso lucerna,
        et eran due in uno, et uno in due;
        com' esser può, Quei sa che sì governa.

127   Quando diritto al piè del ponte fue,
        levò il braccio alto con tutta la testa,
        per appressarne le parole sue,

130   che furo: «Or vedi la pena molesta
        tu che, spirando, vai veggendo i morti!
        vedi se alcuna è grande come questa!

133   Et perchè tu di me novella porti,
        sappi ch' io son Bertram dal Bornio, quelli
        che diedi a re Giovanni i mai conforti.

136   Io feci il padre e 'l figlio in sè ribelli:
        Achitofel non fe' più d' Ansalone
        et di David co' malvagi pungelli.

139   Perch' io partii così giunte persone,
        partito porto il mio cerebro, lasso!
        dal suo principio, ch' è in questo troncone.

142   Così s' osserva in me lo contrapasso.»

CANTO VENTESIMONONO

La molta gente et le diverse piaghe
 avean le luci mie sì inebriate,
 che de lo stare a piangere eran vaghe;
4 ma Virgilio mi disse: «Che pur guate?
 perchè la vista tua pur si soffolge
 là giù tra l' ombre triste smoççicate?
7 Tu non hai fatto sì a l' altre bolge:
 pensa, se tu annoverar le credi,
 che miglia ventidue la valle volge,
10 et già la luna è sotto i nostri piedi:
 lo tempo è poco omai, che n' è concesso,
 et altro è da veder che tu non vedi.»
13 «Se tu avessi,» rispuos' io appresso,
 «atteso a la cagion per ch' io guardava,
 forse m' avresti ancor lo star dimesso.»
16 Parte sen gìa et io retro li andava,
 lo duca, già facendo la risposta,
 et soggiungendo: «Dentro a quella cava
19 dov' io teneva or li occhi sì a posta,
 credo che un spirto del mio sangue pianga
 la colpa che là giù cotanto costa.»

22   Allor disse il maestro: «Non si franga
       lo tuo pensier da qui innançi sovr' ello:
       attendi ad altro, et ei là si rimanga;

25   ch' io vidi lui a piè del ponticello
       mostrarti, et minacciar forte col dito,
       et udi'l nominar Geri del Bello.

28   Tu eri allor sì del tutto impedito
       sovra colui che già tenne Altaforte,
       che non guardasti in là; sì fu partito.»

31   «O duca mio, la violenta morte
       che non li è vendicata ancor,» diss' io,
       «per alcun che de l' onta sia consorte,

34   fece lui disdegnoso; ond' el sen gìo
       sança parlarmi, sì com' io stimo;
       et in ciò m' ha e' fatto a sè più pio.»

37   Così parlammo infino al loco primo
       che de lo scoglio l' altra valle mostra,
       se più lume vi fosse, tutto ad imo.

40   Quando noi fummo in su l' ultima chiostra
       di Malebolge, sì che i suoi conversi
       potean parere a la veduta nostra,

43   lamenti saettaron me diversi,
       che di pietà ferrati avean li strali;
       ond' io li orecchi con le man copersi.

46   Qual dolor fora, se de li spedali
       di Valdichiana tra il luglio e 'l settembre,
       et di Maremma et di Sardigna i mali

49   fossero in una fossa tutti insembre;
       tal era quivi, et tal puçço n' usciva,
       qual suol venir de le marcite membre.

52   Noi discendemmo in su l' ultima riva
      del lungo scoglio, pur da man sinistra;
      et allor fu la mia vista più viva

55   giù ver lo fondo, là 've la ministra
      de l' alto Sire, infallibil giustiçia,
      punisce i falsator che qui registra.

58   Non credo che a veder maggior tristiçia
      fosse in Egina il popol tutto infermo,
      quando fu l' aere sì pien di maliçia,

61   che li animali, infino al picciol vermo,
      cascaron tutti, et poi le genti antiche,
      secondo che i poeti hanno per fermo,

64   si ristorâr di seme di formiche;
      ch' era a veder per quella oscura valle
      languir li spirti per diverse biche.

67   Qual sovra il ventre, et qual sovra le spalle
      l' un de l' altro giacea, et qual carpone
      si trasmutava per lo tristo calle.

70   Passo passo andavam sança sermone,
      guardando et ascoltando li ammalati,
      che non potean levar le lor persone.

73   Io vidi due sedere a sè poggiati,
      come a scaldar si poggia tegghia a tegghia,
      dal capo al piè di schiançe maculati;

76   et non vidi già mai menare stregghia
      da ragaçço aspettato dal signorso,
      nè da colui che mal volontier vegghia,

79   come ciascun menava spesso il morso
      de l' unghie sovra sè per la gran rabbia
      del piççicor, che non ha più soccorso;

82 et sì traevan giù l' unghie la scabbia,
come coltel di scàrdova le scaglie,
o d' altro pesce che più larghe l' abbia.

85 «O tu che con le dita ti dismaglie,»
cominciò il duca mio a l' un di loro,
«et che fai d' esse tal volta tanaglie,

88 dinne s' alcun Latino è tra costoro
che son quinc' entro, se l' unghia ti basti
eternalmente a cotesto lavoro.»

91 «Latin sem noi, che tu vedi sì guasti
qui ambedue,» rispuose l' un piangendo:
«ma tu chi se', che di noi domandasti?»

94 E 'l duca disse: «Io son un che discendo
con questo vivo giù di balço in balço,
et di mostrar lo Inferno a lui intendo.»

97 Allor si ruppe lo comun rincalço;
et tremando ciascuno a me si volse
con altri che l' udiron di rimbalço.

100 Lo buon maestro a me tutto s' accolse,
dicendo: «Di' a lor ciò che tu vuoli.»
Et io incominciai, poscia ch' ei volse:

103 «Se la vostra memoria non s' imboli
nel primo mondo da l' umane menti,
ma s' ella viva sotto molti soli,

106 ditemi chi voi siete et di che genti:
la vostra sconcia et fastidiosa pena
di palesarvi a me non vi spaventi.»

109 «Io fui d' Areçço, et Albero da Siena,»
rispuose l'un «mi fe' mettere al foco;
ma quel per ch' io morii, qui non mi mena.

112 Ver è ch' io dissi a lui, parlando a gioco:
«io mi saprei levar per l' aere a volo;»
et quei, che avea vagheçça et senno poco,

115 volle ch' io li mostrassi l' arte; et solo
perch' io nol feci Dedalo, mi fece
ardere a tal, che l' avea per figliuolo.

118 Ma ne l' ultima bolgia de le diece
me per alchimia che nel mondo usai,
dannò Minòs, a cui fallar non lece.»

121 Et io dissi al poeta: «Or fu già mai
gente sì vana come la Sanese?
certo non la Francesca sì d' assai.»

124 Onde l' altro lebbroso che m' intese
rispuose al detto mio: «Trammene Stricca,
che seppe far le temperate spese;

127 et Niccolò, che la costuma ricca
del garofano prima discoperse
ne l' orto dove tal seme s' appicca;

130 et tranne la brigata in che disperse
Caccia d' Ascian la vigna et la gran fronda,
et l' Abbagliato il suo senno proferse.

133 Ma perchè sappi chi sì ti seconda
contra i Sanesi, aguçça ver me l' occhio
sì che la faccia mia ben ti risponda;

136 sì vedrai ch' io son l' ombra di Capocchio,
che falsai li metalli con alchimia,
et te dee ricordar, se ben t' adocchio,

139 com' io fui di natura buona scimia.»

CANTO TRENTESIMO

Nel tempo che Junone era crucciata
   per Semelè contra il sangue tebano,
   come mostrò una et altra fiata,

4   Atamante divenne tanto insano,
   che, veggendo la moglie con due figli
   andar carcata da ciascuna mano,

7   gridò: «Tendiam le reti, sì ch' io pigli
   la leonessa et i leoncini al varco;»
   et poi distese i dispietati artigli,

10   prendendo l' un che avea nome Learco,
   et rotollo, et percosselo ad un sasso;
   et quella s' annegò con l' altro carco.

13   Et quando la fortuna volse in basso
   l' alteçça de' Troian che tutto ardiva,
   sì che insieme col regno il re fu casso,

16   Ecuba trista misera et cattiva,
   poscia che vide Polissena morta,
   et del suo Polidoro in su la riva

19   del mar si fu la dolorosa accorta,
   forsennata latrò sì come cane;
   tanto il dolor le fe' la mente torta.

22   Ma nè di Tebe furie nè troiane
   si vider mai in alcun tanto crude,
   non punger bestie, non che membra umane,

25 quant' io vidi in due ombre smorte et nude
    che mordendo correvan di quel modo
    che il porco, quando del porcil si schiude.

28 L' una giunse a Capocchio, et in sul nodo
    del collo l' assannò sì, che, tirando
    grattar li fece il ventre al fondo sodo.

31 Et l' Aretin, che rimase tremando,
    mi disse: «Quel folletto è Gianni Schicchi,
    et va rabbioso altrui così conciando.»

34 «O,» diss' io lui, «se l' altro non ti ficchi
    li denti addosso, non ti sia fatica
    a dir chi è, pria che di qui si spicchi.»

37 Et egli a me: «Quell' è l' anima antica
    di Mirra scellerata, che divenne
    al padre, fuor del dritto amore, amica.

40 Questa a peccar con esso così venne,
    falsificando sè in altrui forma,
    come l' altro, che là sen va, sostenne,

43 per guadagnar la donna de la torma,
    falsificare in sè Buoso Donati,
    testando et dando al testamento norma.»

46 Et poi che i due rabbiosi fur passati,
    sovra çu' io avea l' occhio tenuto,
    rivolsilo a guardar li altri mal nati.

49 Io vidi un fatto a guisa di liuto,
    pur ch' elli avesse avuta l' anguinaia
    tronca dal lato che l' uomo ha forcuto.

52 La grave idropisia, che sì dispaia
    le membra con l' umor che mal converte,
    che il viso non risponde a la ventraia,

55   faceva a lui tener la labbra aperte,
      come l' etico fa, che per la sete
      l' un verso il mento et l' altro in su rinverte.

58   «O voi, che sança alcuna pena siete
      et non so io perchè, nel mondo gramo,»
      diss' elli a noi, «guardate et attendete

61   a la miseria del maestro Adamo;
      io ebbi, vivo, assai di quel ch' io volli,
      et ora, lasso! un gocciol d' acqua bramo.

64   Li ruscelletti che dei verdi colli
      del Casentin discendon giuso in Arno,
      facendo i lor canali freddi et molli,

67   sempre mi stanno innançi, et non indarno;
      chè l' imagine lor vie più m' asciuga,
      che il male ond' io nel volto mi discarno.

70   La rigida giustiçia che mi fruga,
      tragge cagion del loco ov' io peccai,
      a metter più li miei sospiri in fuga.

73   Ivi è Romena, là dov' io falsai
      la lega suggellata del Batista,
      per ch' io il corpo su arso lasciai.

76   Ma s' io vedessi qui l' anima trista
      di Guido, o d' Alessandro, o di lor frate,
      per fonte Branda non darei la vista.

79   Dentro c' è l' una già, se l' arrabbiate
      ombre che vanno intorno, dicon vero;
      ma che mi val, c' ho le membra legate?

82   S' io fossi pur di tanto ancor leggiero
      ch' io potessi in cent' anni andare un' oncia,
      io sarei messo già per lo sentiero,

154

85   cercando lui tra questa gente sconcia,
       con tutto ch' ella volge undici miglia,
       et men d' un meçço di traverso con ci ha.

88   Io son per lor tra sì fatta famiglia;
       ei m' indussero a batter li fiorini,
       che avean tre carati di mondiglia.»

91   Et io a lui: «Chi son li due tapini
       che fumman come man bagnate il verno,
       giacendo stretti a' tuoi destri confini?»

94   «Qui li trovai, et poi volta non dierno,»
       rispuose, «quand' io piovvi in questo greppo,
       et non credo che dieno in sempiterno.

97   L' una è la falsa che accusò Giuseppo;
       l' altro è il falso Sinon greco da Troia;
       per febbre aguta gittan tanto leppo.»

100   Et l' un di lor, che si recò a noia
       forse d' esser nomato sì oscuro,
       col pugno li percosse l' epa croia.

103   Quella sonò come fosse un tamburo;
       et mastro Adamo li percosse il volto
       col pugno suo, che non parve men duro,

106   dicendo a lui: «Ancor che mi sia tolto
       lo mover, per le membra che son gravi,
       ho io il braccio a tal mestiere sciolto.»

109   Ond' ei rispuose: «Quando tu andavi
       al foco, non l' avei tu così presto;
       ma sì et più l' avei, quando coniavi.»

112   Et l' idropico: «Tu di' ver di questo;
       ma tu non fosti sì ver testimonio,
       là 've del ver a Troia fosti richiesto.»

115 «S' io dissi falso, et tu falsasti il conio,»
     disse Sinone, «et son qui per un fallo,
     et tu per più che alcun altro demonio.»

118 «Ricorditi, spergiuro, del cavallo,»
     rispuose quel ch' avea enfiata l' epa;
     «et sìeti reo che tutto il mondo sallo.»

121 «Et te sia rea la sete onde ti crepa»
     disse il Greco, «la lingua, et l' acqua marcia
     che il ventre innançi a li occhi sì t' assiepa.»

124 Allora il monetier: Così si squarcia
     la bocca tua per dir mal come suole;
     chè, s' i' ho sete et umor mi rinfarcia,

127 tu hai l' arsura e 'l capo che ti duole,
     et per leccar lo specchio di Narcisso,
     non vorresti a invitar molte parole.»

130 Ad ascoltarli er' io del tutto fisso,
     quando il maestro mi disse: «Or pur mira,
     che per poco è che teco non mi risso.»

133 Quand' io 'l senti' a me parlar con ira,
     volsimi verso lui con tal vergogna,
     ch' ancor per la memoria mi si gira.

136 Et quale è quei che suo dannaggio sogna,
     che sognando desidera sognare,
     sì che quel ch' è, come non fosse, agogna;

139 tal mi fec' io, non potendo parlare,
     che disiava scusarmi, et scusava
     me tuttavia, et nol mi credea fare.

142 «Maggior difetto men vergogna lava,»
     disse il maestro, «che il tuo non è stato;
     però d' ogni tristiçia ti disgrava.

145 Et fa' ragion ch' io ti sia sempre allato,
   se più avvien che fortuna t' accoglia
   ove sien genti in simigliante piato;
148 chè voler ciò udire è bassa voglia.»

CANTO TRENTESIMOPRIMO

Una medesma lingua pria mi morse,
   sì che mi tinse l' una et l' altra guancia,
   et poi la medicina mi riporse.
4   Così od' io che soleva la lancia
   d' Achille et del suo padre esser cagione
   prima di trista et poi di buona mancia.
7   Noi demmo il dosso al misero vallone
   su per la ripa che il cinge d'intorno,
   attraversando sança alcun sermone.
10   Quivi era men che notte et men che giorno,
   sì che il viso m' andava innançi poco;
   ma io senti' sonare un alto corno,
13   tanto ch' avrebbe ogni tuon fatto fioco,
   che, contra sè la sua via seguitando,
   diriçço li occhi miei tutti ad un loco.
16   Dopo la dolorosa rotta, quando
   Carlo Magno perdè la santa gesta,
   non sonò sì terribilmente Orlando.
19   Poco portai in là volta la testa,
   che mi parve veder molte alte torri;
   ond' io: «Maestro, di', che terra è questa?»
22   Ed elli a me: «Però che tu trascorri
   per le tenebre troppo da la lungi,
   avvien che poi nel 'maginare aborri.

25 Tu vedrai ben, se tu là ti congiungi,
    quanto il senso s' inganna di lontano:
    però alquanto più te stesso pungi.»
28 Poi caramente mi prese per mano,
    et disse: «Pria che noi siam più avanti,
    acciò che il fatto men ti paia strano,
31 sappi che non son torri, ma giganti;
    et son nel poçço intorno da la ripa
    da l' umbilico in giuso tutti quanti.»
34 Come, quando la nebbia si dissipa,
    lo sguardo a poco a poco raffigura
    ciò che cela il vapor che l' aere stipa;
37 così, forando l' aura grossa et scura,
    più et più appressando in ver la sponda,
    fuggìemi errore, et cresce'mi paura.
40 Però che, come in su la cerchia tonda
    Montereggion di torri si corona;
    così la proda, che il poçço circonda,
43 torreggiavan di meçça la persona
    li orribili giganti, cui minaccia
    Giove del cielo ancora, quando tuona.
46 Et io scorgeva già d' alcun la faccia,
    le spalle e 'l petto et del ventre gran parte,
    et per le coste giù ambo le braccia.
49 Natura certo, quando lasciò l' arte
    di sì fatti animali, assai fe' bene,
    per tôrre tali esecutori a Marte;
52 et se ella d' elefanti et di balene
    non si pente, chi guarda sottilmente,
    più giusta et più discreta la ne tiene;

55 chè, dove l' argomento de la mente
  s' aggiunge al mal volere et a la possa,
  nessun riparo vi può far la gente.

58 La faccia sua mi parea lunga et grossa
  come la pina di San Pietro a Roma;
  et a sua proporçione eran l' altr' ossa;

61 sì che la ripa, ch' era periçoma
  dal meçço in giù, ne mostrava ben tanto
  di sopra, che di giungere a la chioma

64 tre Frison s' averìan dato mal vanto;
  però ch' io ne vedea trenta gran palmi
  dal loco in giù, dov' uomo affibbia il manto.

67 «Rafel mai amech içabi almi,»
  cominciò a gridar la fiera bocca,
  cui non si convenian più dolci salmi.

70 E il duca mio vêr lui: «Anima sciocca,
  tienti col corno, et con quel ti disfoga,
  quand' ira o altra passion ti tocca!

73 Cercati al collo, et troverai la soga
  che il tien legato, o anima confusa,
  et vedi lui che il gran petto ti doga.»

76 Poi disse a me: «Egli stesso s' accusa;
  questi è Nembrotto, per lo cui mal coto
  pure un linguaggio nel mondo non s' usa.

79 Lasciamlo stare, et non parliamo a voto;
  chè così è a lui ciascun linguaggio,
  come il suo ad altrui che a nullo è noto.»

82 Facemmo adunque più lungo viaggio,
  volti a sinistra; et al trar d' un balestro
  trovammo l' altro assai più fiero et maggio.

85 A cinger lui, qual che fosse il maestro
     non so io dir; ma ei tenea succinto
     dinançi l' altro et dietro il braccio destro

88 d' una catena, che il teneva avvinto
     dal collo in giù, sì che in su lo scoperto
     si ravvolgeva infino al giro quinto.

91 «Questo superbo voll' esser esperto
     di sua potença contra il sommo Giove,»
     disse il mio duca, «ond' elli ha cotal merto.

94 Fialte ha nome; et fece le gran prove,
     quando i giganti fêr paura a' Dei:
     le braccia ch' el menò, già mai non move.»

97 Et io a lui: «S' esser puote, io vorrei
     che de lo smisurato Briareo
     esperiença avesser li occhi miei.»

100 Ond' ei rispuose: «Tu vedrai Anteo
     presso di qui, che parla et è disciolto,
     che ne porrà nel fondo d' ogni reo.

103 Quel che tu vuoi veder, più là è molto,
     et è legato et fatto come questo,
     salvo che più feroce par nel volto.»

106 Non fu tremoto già tanto rubesto
     che scotesse una torre così forte,
     come Fialte a scotersi fu presto.

109 Allor temett' io più che mai la morte,
     et non v' era mestier più che la dotta,
     s' io non avessi viste le ritorte.

112 Noi procedemmo più avanti allotta,
     et venimmo ad Anteo, che ben cinqu' alle,
     sança la testa, uscìa fuor de la grotta.

115 «O tu che ne la fortunata valle
che fece Scipion di gloria reda,
quando Annibal co' suoi diede le spalle,

118 recasti già mille leon per preda,
et che, se fossi stato a l' alta guerra
de' tuoi fratelli, ancor par ch' e' si creda,

121 che avrebber vinto i figli de la terra;
mettine giù, et non ten venga schifo,
dove Cocito la freddura serra.

124 Non ci far ire a Tiçio nè a Tifo:
questi può dar di quel che qui si brama;
però ti china, et non torcer lo grifo.

127 Ancor ti può nel mondo render fama;
ch' el vive, et lunga vita ancor aspetta,
se innançi tempo graçia a sè nol chiama.»

130 Così disse il maestro: et quelli in fretta
le man distese, et prese il duca mio,
ond' Ercole sentì già grande stretta.

133 Virgilio, quando prender si sentio,
disse a me: «Fatti in qua, sì ch' io ti prenda:»
poi fece sì, che un fascio er' elli et io.

136 Qual pare a riguardar la Carisenda
sotto il chinato, quando un nuvol vada
sovr' essa sì, che ella incontro penda;

139 tal parve Anteo a me che stava a bada
di vederlo chinare, et fu tal ora,
ch' io avrei voluto ir per altra strada:

142 ma lievemente al fondo, che divora
Lucifero con Giuda, ci sposòe;
nè sì chinato, lì fece dimora,

145 et come albero in nave si levòe.

CANTO TRENTESIMOSECONDO

S'io avessi le rime aspre et chiocce,
   come si converrebbe al tristo buco,
   sovra il qual pontan tutte l' altre rocce,

4   io premerei di mio concetto il suco
   più pienamente; ma perch' io non l' abbo,
   non sança tema a dicer mi conduco.

7   Chè non è impresa da pigliare a gabbo,
   descriver fondo a tutto l' universo,
   nè da lingua che chiami mamma et babbo.

10   Ma quelle donne aiutino il mio verso,
   che aiutaro Amfione a chiuder Tebe,
   sì che dal fatto il dir non sia diverso.

13   O sovra tutte mal creata plebe,
   che stai nel loco onde parlare è duro,
   me' foste state qui pecore o çebe!

16   Come noi fummo giù nel poçço scuro
   sotto i piè del gigante, assai più bassi,
   et io mirava ancora a l' alto muro,

19   dicere udimmi: «Guarda, come passi!
   va' sì, che tu non calchi con le piante
   le teste de' fratei miseri lassi!»

22   Per ch' io mi volsi, et vidimi davante
   et sotto i piedi un lago, che per gelo
   avea di vetro et non d' acqua sembiante.

25 Non fece al corso suo sì grosso velo
d' inverno la Danoia in Ostericchi,
nè Tanai là sotto il freddo cielo,

28 com' era quivi: chè, se Tambernicchi
vi fosse su caduto, o Pietrapana,
non avria pur da l' orlo fatto cricchi.

31 Et come a gracidar si sta la rana
col muso fuor de l' acqua, quando sogna
di spigolar sovente la villana;

34 livide insin là dove appar vergogna
eran l' ombre dolenti ne la ghiaccia,
mettendo i denti in nota di cicogna.

37 Ognuna in giù tenea vòlta la faccia:
da bocca il freddo, et da li occhi il cor tristo
tra lor testimoniança si procaccia.

40 Quand' io ebbi d' intorno alquanto visto,
volsimi a' piedi, et vidi due sì stretti,
che il pel del capo avieno insieme misto.

43 «Ditemi, voi che sì stringete i petti,»
diss' io, «chi siete?» Et quei piegaro i colli;
et poi ch' ebber li visi a me eretti,

46 li occhi lor, ch' eran pria pur dentro molli,
gocciâr su per le labbra, e 'l gelo strinse
le lagrime tra essi, et riserrolli.

49 Con legno legno spranga mai non cinse
forte così; ond' ei, come due becchi,
coçcaro insieme: tant' ira li vinse.

52 Et un ch' avea perduti ambo li orecchi
per la freddura, pur col viso in giùe
disse: «Perchè cotanto in noi ti specchi?

55 Se vuoi saper chi son cotesti due,
    la valle onde Bisençio si dichina,
    del padre loro Alberto et di lor fue.

58 D' un corpo usciro; et tutta la Caina
    potrai cercare, et non troverai ombra
    degna più d' esser fitta in gelatina;

61 non quelli a cui fu rotto il petto et l' ombra
    con esso un colpo per la man d' Artù;
    non Focaccia; non questi che m' ingombra

64 col capo sì, ch' io non veggio oltre più,
    et fu nomato Sassol Mascheroni:
    se Tosco se', ben sai omai chi fu.

67 Et perchè non mi metti in più sermoni,
    sappi ch' io fui il Camicion de' Paççi,
    et aspetto Carlin che mi scagioni.»

70 Poscia vid' io mille visi, cagnaççi
    fatti per freddo; onde mi vien ripreçço,
    et verrà sempre, de' gelati guaççi.

73 Et mentre che andavamo in ver lo meçço,
    al quale ogni graveçça si rauna,
    et io tremava ne l' eterno reçço;

76 se voler fu, o destino, o fortuna,
    non so; ma passeggiando tra le teste,
    forte percossi il piè nel viso ad una.

79 Piangendo mi sgridò: «Perchè mi peste?
    se tu non vieni a crescer la vendetta
    di Mont' Aperti, perchè mi moleste?»

82 Et io: «Maestro mio, or qui m' aspetta,
    sì ch' io esca d' un dubbio per costui;
    poi mi farai, quantunque vorrai, fretta.»

Canto trentesimoterço, nel qual tratta di quelli che tradi-
rono coloro che in loro tutto si fidavano, et coloro cui avevano
promossi a dignitade et stato, et isgrida contra Pisani et contra
Genovesi.

CANTO TRENTESIMOTERÇO

La bocca su levò dal fiero pasto
quel peccator, forbendola ai capelli
del capo, ch' elli avea diretro guasto.

4 Poi cominciò: «Tu vuoi ch' io rinnovelli
disperato dolor che il cor mi preme,
già pur pensando, pria ch' io ne favelli.

7 Ma se le mie parole esser den seme
che frutti infamia al traditor ch' io rodo,
parlare et lagrimar vedrai insieme.

10 I' non so chi tu sei, nè per che modo
venuto se' qua giù; ma Fiorentino
mi sembri veramente quand'io t' odo.

13 Tu dèi saper ch' io fui Conte Ugolino,
et questi l' Arcivescovo Ruggieri:
or ti dirò perchè i son tal vicino.

16 Che per l' effetto de' suo' ma' pensieri,
fidandomi di lui, io fossi preso
et poscia morto, dir non è mestieri.

19 Però quel che non puoi avere inteso,
ciò è come la morte mia fu cruda,
udirai, et saprai se m' ha offeso.

22   Breve pertugio dentro da la muda
       la qual per me ha il titol de la fame,
       et in che conviene ancor ch' altri si chiuda,

25   m' avea mostrato per lo suo forame
       più lune già, quand'io feci il mal sonno,
       che del futuro mi squarciò il velame.

28   Questi pareva a me maestro et donno,
       cacciando il lupo e i lupicini al monte
       per che i Pisan veder Lucca non ponno,

31   con cagne magre, studiose et conte;
       Gualandi con Sismondi et con Lanfranchi
       s' avea messi dinançi da la fronte.

34   In picciol corso mi pareano stanchi
       lo padre e i figli, et con l' agute scane
       mi parea lor veder fender li fianchi.

37   Quando fui desto innançi la dimane,
       pianger sentii fra il sonno i miei figliuoli
       ch' eran con meco, et dimandar del pane.

40   Ben se' crudel, se tu già non ti duoli,
       pensando ciò che 'l mio cor s' annunçiava;
       et se non piangi, di che pianger suoli?

43   Già eran desti, et l' ora s' appressava
       che il cibo ne soleva essere addotto,
       et per suo sogno ciascun dubitava;

46   et io sentii chiavar l' uscio di sotto
       a l' orribile torre; ond' io guardai
       nel viso a' miei figliuoi sança far motto.

49   Io non piangeva, sì dentro impietrai;
       piangevan elli; et Anselmuccio mio
       disse: «Tu guardi sì, padre: che hai?»

52   Per ciò non lagrimai, nè rispuos' io
       tutto quel giorno, nè la notte appresso,
       infin che l' altro sol nel mondo uscio.

55   Come un poco di raggio si fu messo
       nel doloroso carcere, et io scorsi
       per quattro visi il mio aspetto stesso,

58   ambo le man per lo dolor mi morsi;
       et ei, pensando ch' io 'l fessi per voglia
       di manicar, di subito levorsi,

61   et disser: «Padre, assai ci fia men doglia
       se tu mangi di noi: tu ne vestisti
       queste misere carni, et tu le spoglia.»

64   Queta'mi allor per non farli più tristi;
       lo dì et l' altro stemmo tutti muti:
       ahi, dura terra, perchè non t' apristi?

67   Poscia che fummo al quarto dì venuti,
       Gaddo mi si gittò disteso a' piedi,
       et disse: «Padre mio, chè non m' aiuti?»

70   Quivi morì; et come tu mi vedi,
       vid' io cascar li tre ad uno ad uno
       tra il quinto dì e 'l sesto; ond' io mi diedi,

73   già cieco, a brancolar sopra ciascuno,
       et due dì li chiamai, poi che fur morti:
       poscia, più che il dolor, potè il digiuno.»

76   Quand' ebbe detto ciò, con li occhi torti
       riprese il teschio misero coi denti,
       che furo a l' osso, come d' un can, forti.

79   Ahi, Pisa, vituperio de le genti
       del bel paese là, dove il sì suona;
       poi che i vicini a te punir son lenti,

82 movansi la Caprara et la Gorgona,
   et faccian siepe ad Arno in su la foce,
   sì ch' elli anneghi in te ogni persona!
85 Chè se il Conte Ugolino aveva voce
   d' aver tradita te de le castella,
   non dovèi tu i figliuoi porre a tal croce.
88 Innocenti facea l' età novella,
   novella Tebe, Uguccione e 'l Brigata,
   et li altri due che il canto suso appella.
91 Noi passamm' oltre, là 've la gelata
   ruvidamente un' altra gente fascia,
   non vòlta in giù, ma tutta riversata.
94 Lo pianto stesso lì pianger non lascia,
   e 'l duol, che trova in su li occhi rintoppo,
   si volve in entro a far crescer l' ambascia;
97 chè le lagrime prime fanno groppo,
   et sì, come visiere di cristallo,
   riempion sotto il ciglio tutto il coppo.
100 Et avvegna che, sì come d' un callo,
    per la freddura ciascun sentimento
    cessato avesse del mio viso stallo,
103 già, mi parea sentire alquanto vento;
    per ch' io: «Maestro mio, questo chi move?
    non è qua giù ogni vapore spento?»
106 Et elli a me: «Avaccio sarai dove
    di ciò ti farà l' occhio la risposta,
    veggendo la cagion che il fiato piove.»
109 Et un de' tristi de la fredda crosta
    gridò a noi: «O anime crudeli
    tanto, che data v' è l' ultima posta,

171

112 levatemi dal viso i duri veli,
   sì ch'io sfoghi 'l dolor che 'l cor m'impregna,
   un poco, pria che il pianto si raggeli.»

115 Per ch'io a lui: «Se vuoi ch'io ti sovvegna,
   dimmi chi sei, et s'io non ti disbrigo,
   al fondo de la ghiaccia ir mi convegna!»

118 Rispuose adunque: «Io son frate Alberigo,
   io son quel de le frutta del mal orto,
   che qui riprendo dattero per figo.»

121 «O,» diss'io lui: «Or sei tu ancor morto?»
   Et elli a me: «Come il mio corpo stea
   nel mondo su, nulla sciença porto.

124 Cotal vantaggio ha questa Tolomea,
   che spesse volte l'anima ci cade
   innançi ch'Atropòs mossa le dea.

127 Et perchè tu più volontier mi rade
   le invetriate lagrime dal volto,
   sappi che tosto che l'anima trade,

130 come fec'io, il corpo suo l'è tolto
   da un demonio, che poscia il governa
   mentre che il tempo suo tutto sia vòlto:

133 ella ruina in sì fatta cisterna;
   et forse pare ancor lo corpo suso
   de l'ombra che di qua dietro mi verna.

136 ·Tu il dèi saper, se tu vien pur mo giuso:
   elli è ser Branca d'Oria, et son più anni
   poscia passati ch'el fu sì racchiuso.»

139 «Io credo,» diss'io lui, «che tu m'inganni;
   chè Branca d'Oria non morì unquanche,
   et mangia et bee et dorme et veste panni.»

142 «Nel fosso su,» diss' el, «di Malebranche,
là dove bolle la tenace pece,
non era giunto ancora Michel Çanche,

145 che questi lasciò un diavolo in sua vece
nel corpo suo, et un suo prossimano,
che il tradimento insieme con lui fece.

148 Ma distendi oggimai in qua la mano;
aprimi li occhi!»; et io non gliele apersi,
et cortesia fu in lui esser villano.

151 Ahi, Genovesi, uomini diversi
d' ogni costume, et pien d' ogni magagna,
perchè non siete voi del mondo spersi?

154 Chè col peggiore spirto di Romagna
trovai di voi un tal, che per sua opra
in anima in Cocito già si bagna,

157 et in corpo par vivo ancor di sopra.

CANTO TRENTESIMOQUARTO

«Vexilla Regis prodeunt inferni
verso di noi: però dinançi mira,»
disse il maestro mio, «se tu il discerni.»

4   Come quando una grossa nebbia spira,
o quando l' emisperio nostro annotta,
par da lungi un molin che il vento gira;

7   veder mi parve un tal dificio allotta:
poi per lo vento mi ristrinsi retro
al duca mio; chè non li era altra grotta.

10   Già era, et con paura il metto in metro,
là dove l' ombre eran tutte coperte,
et trasparean come festuca in vetro.

13   Altre sono a giacere, altre stanno erte,
quella col capo, et quella con le piante;
altra, com' arco, il volto a' piedi inverte.

16   Quando noi fummo fatti tanto avante,
che al mio maestro piacque di mostrarmi
la creatura ch' ebbe il bel sembiante,

19   dinançi mi si tolse, et fe' restarmi,
«Ecco Dite,» dicendo, «et ecco il loco,
ove convien che di forteçça t' armi.»

174

22 Com' io divenni allor gelato et fioco,
    nol dimandar, lettor, ch' io non lo scrivo,
    però ch' ogni parlar sarebbe poco.

25 Io non morii, et non rimasi vivo;
    pensa oramai per te, s' hai fior d' ingegno,
    qual io divenni, d' uno et d' altro privo.

28 Lo imperador del doloroso regno
    da meçço il petto uscìa fuor de la ghiaccia;
    et più con un gigante io mi convegno,

31 che i giganti non fan con le sue braccia:
    vedi oramai quant' esser dee quel tutto
    ch' a così fatta parte si confaccia.

34 S' el fu sì bel com' ello è ora brutto,
    et contra il suo Fattore alçò le ciglia,
    ben dee da lui procedere ogni lutto.

37 O quanto parve a me gran meraviglia,
    quando vidi tre facce a la sua testa!
    L' una dinançi, et quella era vermiglia;

40 l' altre eran due, che s' aggiungièno a questa
    sovr' esso il meçço di ciascuna spalla,
    et sè giungièno al loco de la cresta;

43 et la destra parea tra bianca et gialla;
    la sinistra a veder era tal, quali
    vengon di là, onde il Nilo s' avvalla.

46 Sotto ciascuna uscivan due grandi ali,
    quanto si convenia a tanto uccello;
    vele di mar non vid' io mai cotali.

49 Non avean penne, ma di vispistrello
    era lor modo; et quelle svolaççava,
    sì che tre venti si movean da ello.

52   Quindi Cocito tutto s' aggelava;
       con sei occhi piangeva, et per tre menti
       gocciava il pianto et sanguinosa bava.

55   Da ogni bocca dirompea coi denti
       un peccatore, a guisa di maciulla,
       sì che tre ne facea così dolenti.

58   A quel dinançi il mordere era nulla
       verso il graffiar, che tal volta la schiena
       rimanea de la pelle tutta brulla.

61   «Quell' anima là su che ha maggior pena,»
       disse il maestro, «è Giuda Scariotto,
       che il capo ha dentro, et fuor le gambe mena.

64   De li altri duo c' hanno il capo di sotto,
       quei che pende dal nero ceffo è Bruto:
       vedi come si storce et non fa motto!

67   Et l' altro è Cassio, che par sì membruto.
       Ma la notte risurge; et oramai
       è da partir, che tutto avem veduto.»

70   Come a lui piacque, il collo li avvinghiai;
       et el prese di tempo et loco poste:
       et quando l' ali furo aperte assai,

73   appigliò sè a le vellute coste;
       di vello in vello giù discese poscia
       tra il folto pelo et le gelate croste.

76   Quando noi fummo là dove la coscia
       si volge appunto in sul grosso de l' anche,
       lo duca con fatica et con angoscia

79   volse la testa ov' elli avea le çanche,
       et aggrappossi al pel come uom che sale,
       sì che in Inferno io credea tornar anche.

82 «Attienti ben, chè per sì fatte scale,»
   disse il maestro, ansando come uom lasso,.
   «conviensi dipartir da tanto male.»
85 Poi uscì fuor per lo foro d' un sasso,
   et pose me in su l' orlo a sedere;
   appresso porse a me l' accorto passo.
88 Io levai li occhi, et credetti vedere
   Lucifero com' io l' avea lasciato,
   et vidili le gambe in su tenere.
91 Et s' io divenni allora travagliato,
   la gente grossa il pensi, che non vede
   qual è quel punto ch' io avea passato.
94 «Lèvati su,» disse il maestro, «in piede!
   la via è lunga, e 'l cammino è malvagio,.
   et già il sole a meçça terça riede.»
97 Non era camminata di palagio,
   là 'v' eravam, ma natural burella
   ch' avea mal suolo et di lume disagio.
100 «Prima ch' io de l' abisso mi divella,
   maestro mio,» diss' io quando fui dritto,.
   «a trarmi d'erro un poco mi favella.
103 Ov' è la ghiaccia? et questi com' è fitto
   sì sottosopra? et come in sì poc' ora
   da sera a mane ha fatto il sol tragitto?»
106 Et elli a me: «Tu imagini ancora
   d' esser di là dal centro, ov' io mi presi
   al pel del vermo reo che il mondo fóra..
109 Di là fosti cotanto, quant' io scesi;
   quando mi volsi, tu passasti il punto
   al qual si traggon d' ogni parte i pesi:

177

112   et se' or sotto l' emisperio giunto
        ch' è opposito a quel che la gran secca
        coverchia, et sotto il cui colmo consunto
115   fu l' uom che nacque et visse sança pecca:
        tu hai li piedi in su picciola spera
        che l' altra faccia fa de la Giudecca.
118   Qui è da man, quando di là è sera;
        et questi che ne fe' scala col pelo,
        fitto è ancora, sì come prim' era.
121   Da questa parte cadde giù dal cielo;
        et la terra che pria di qua si sporse
        per paura di lui fe' del mar velo,
124   et venne a l' emisperio nostro; et forse
        per fuggir lui lasciò qui il luogo voto
        quella che appar di qua, et su ricorse.»
127   Loco è là giù da Belçebù rimoto
        tanto, quanto la tomba si distende,
        che non per vista, ma per suono è noto
130   d' un ruscelletto che quivi discende
        per la buca d' un sasso, ch' elli ha roso
        col corso ch' elli avvolge, et poco pende.
133   Lo duca et io per quel cammino ascoso
        entrammo a ritornar nel chiaro mondo;
        et sança cura aver d' alcun riposo,
136   salimmo su, ei primo et io secondo,
        tanto ch' io vidi de le cose belle
        che porta il ciel, per un pertugio tondo;
139   et quindi uscimmo a riveder le stelle.